黑特國文課本研究院

張玲瑜（TACO老師）著

目次

推薦序一

以傾聽讓學生從黑特轉為熱愛國文

國立臺灣師範大學國文系教授　須文蔚

在資訊爆炸的時代，考試壓力巨大的時刻，當學生急著細究修辭與解題，國文老師急著講解課文與考題，師生之間少了傾聽與對話，國文課少了批判、觀點與現實，難怪越來越多高中生會「黑特」（恨，網路流行語 Hate）國文。

聽應當是教師的天職，只要打開《論語》，最常出現的動詞是「問」，孔子很愛發問，他進入太廟，萬事好奇，追根究柢，每件事都問。他的學生與列國諸侯也不停發問，問哲學、文學乃至於人力資源的各色題目。也有機智問答，例如宰我問曰：「仁者，雖告之曰：『井有仁焉。』其從之也？」就很有趣，愛晝寢的宰我醒來，挑戰老師：「作為一個仁者，如果聽見有人高呼：『有個仁慈的人落井了』，他會跟著跳下去搭救嗎？」孔子回答很有層次：「何必要這麼行動？君子可以去救人，卻不可陷入危機；可以受欺騙，卻不可以盲目行動。」可見傾聽不僅僅是耐心讓學生說話，更要敞開心靈，從學生的立場著想，解答人生的各種困擾。

在海山高中任職的張玲瑜就是善於傾聽的國文老師，學生很調皮，稱呼她「TACO老師」，她也不以為忤，更有趣的是，她發現，每個學生角色性格各不相同，從他們提出各種質疑課文的問題，往往是拉近青年人和文學作品最好的鑰匙。

張玲瑜曾經遇過同學挑戰賴和的〈一桿稱仔〉，覺得主角秦得參受到日本警察取締，竟然選擇輕生，實在沒有必要，學生淡淡說：「這一段沒有讓我討厭日本警察，我只是感覺莫名其妙。」畢竟如果不理解殖民時期的權力與壓迫關係，日本警察現代與文明的形象頗有「正派」角色形象？學生也另類思考，如果警察真的依法取締不符合度量衡法的小攤販，看似合理？當學生評論：「老師，這只是輕如鴻毛的死。」張玲瑜並沒有急於澄清學生的觀點，而把歧異的論點當作一系列思辨教學的開端。

張玲瑜請同學換位思考，請學生思考：「如果有一個臺灣警察，弄壞外勞的攤位，辱罵外勞，最後把外勞弄得氣憤不已，你要演這個外籍勞工，你會做什麼呢？」

堅持己見的學生繼續用「法治」觀念辯論：「說不定是那個外勞不遵守臺灣的法律，或是違反了市場的什麼規定，警察只是依法行事而已。」

老師提出更多的「情境」假設，當她發現學生並不願意設身處地考量其他族群的權益與特殊處境時，她問道：「你覺得臺灣人對『外勞』有沒有刻板印象？」類似的人權與平等問題經常是年輕人更在乎的議題。學生開始軟化，願意重新省思殖民地有權力的警察對農民恐怕也有「刻板印象」，甚至會輕易濫用權力欺壓底層人。這樣熱力四射的討論，從人權、法治與人道立場談階級與殖民，回應了賴和小說核心的關懷。

張玲瑜不斷透過各種嶄新的跨領域知識，翻轉教學理念，讓國文課堂更為生動。而她的努力也不侷限在文辭的表面解讀，而是接近王德威院士所強調：「中國語言書寫會意形聲、轉注假借的體系，不能由西方以字母為基礎的文法學所概括。更何況在此之上，中國傳統的『文』學的觀念與實踐有其獨到之處：『文』是符號言辭，也是氣質體性、文化情境，乃至天地萬物的表徵，和西方遠有不同。」如何帶動學生理解文學多層次的意涵？確實要面對學生來自不同層次的質疑。

學生對國文課的「黑特」，有很多直接的反映：

「老師，古代的愛情故事都好像喔！」

「老師，這種教忠教孝文，思辨的空間似乎不大？」

「老師，諸葛亮這樣帶豬隊友聰明嗎？」

「老師，這個古人好厭世！」

「老師，為什麼要我們讀那麼多古代的怪咖故事？」

張玲瑜一一紀錄下來，透過更細緻的解說，以及富有情意的詮釋，讓學生能愛上文言文。就在她請學生預習唐詩時，學生對她說：「老師，我考得還不錯，但是並不喜歡詩！」

愛詩成癡的老師，看到同學面對動人的抒情美典，完全以背重點的心態閱讀，完全無法進入詩人的世界，只覺得隱晦、嘮叨和無趣。她放下心中的憤怒與詩望，從時空安排，一一拆解李商隱的〈夜雨寄北〉：「君問歸期未有期，巴山夜雨漲秋池，何當共剪西窗燭，卻話巴山夜雨時。」

張玲瑜問學生：「為什麼詩人期待的重逢，要聊今天下雨的事，不能聊點別的嗎？」

她接著問：「為什麼詩人不能藉由這首詩告訴妻子今天下雨的事情就好，一定要見面講呢？」

當學生進入時空旅行中，開始想像一個在遠方，充滿虧欠的丈夫，思念妻子時，遭逢滴滴答答的夜雨，想回家與戀人談著瑣事都不能，只能期待與渴望。當學生體會了相思的苦惱時突然說：「老師，我覺得我懂詩人為什麼要說『剪燭』西窗了？」原來看似簡單的秉燭夜談，對相隔兩地的夫妻是多麼奢侈的美好想望？

因為懂得詩人的深情，唐詩就不只是題解的形容詞，也不是考試題目中難解的格律。當對一首詩和一篇文章的解讀，不再排除種種外在因素，孤立化為靜態性的知識客體，也不再依形式邏輯的法則，進行抽象概念的論述。老師能帶領學生進入歷史語境中，如同顏崑陽教授強調的：「想像的回歸隱含於言外，詩人原初感物緣事而發的生命存在情境，以做設身處地的同情理解。」那麼一首詩就是是乘載青春情愛的美麗歌詠，一篇文言文也能帶來更多涉及生命情意的討論。

張玲瑜回到古典文學的傳統，拋開文學藝術性與實用性的對立，在講解文學作品的美好形式時，同步把更多生活、科學、敘事與管理學的知識導入課程中。更因為她善於傾聽，把學生認為有「問題」的課文，透過《黑特國文課本研究院》一書，解讀出一本又一本生動活潑的課本，建構出一個充滿機智問答的課堂，讓學生從黑特轉為熱愛國文。

推薦序二

課堂有光

作家、「學思達教學」創始人　張輝誠

毓老師上課常說：「書有古今，智慧，沒有古今。」經典文章，之所以經典，之所以歷久不衰，應該也都是有某些類似智慧一般恆存的東西吧。

玲瑜是我師大的學妹，看到他寫成此書，很是驚喜。他擅於課程設計，結合他本身豐富學養與精巧創意，讓高中課堂上的經典古文迅速與當代學生產生連結、誘發好奇、刺激思考、出現對話，然後再由他逐步引導，導入當代最新的實務知識與理論，如「領導者養成」、「自我管理」、「行銷原則」、「換位思考」、「批判思考」、「系統思考」、「未來人才成功之道」等等，讓學生很快進入當代處境，以古為鏡、化為今用；另一方面，他又透過大量對話，讓學生「用古人的文章，激盪今人的智慧」，因為文章或故事，或提及的人物，雖有古今，但是身份、地位、處事原則、思考方式，很可能古今一致，也可能今優昔劣，甚至昔優今劣，讓學生進入文中去延伸、分析、判斷、抉擇與創造，激盪出許多寶貴的知識火花。如此一來，經典古文就有了更立體多元的新樣貌。

玲瑜此書，扭轉了傳統教師一人為主的詮釋經典古文方式，呈現師生對話活潑繽紛的風景，同時為經典古文打開出更寬闊的詮釋空間、活潑更豐沛的對話可能、注入了更多現代感的議題延伸、深化了更多的思辯機會。要做到這些，確屬不易，除了玲瑜自己說的「傾聽」，我認為還有更多的「設計」、「帶領」、「引導」，還有課間的「反應」與「對話」等許多能力。玲瑜在這本書中，都有非常精采的剖析與完整的呈現。

玲瑜此書讓經典古文有了一道新的光芒，這道光芒的產生，是**因為學生注入新的能量，再加上玲瑜精心的點燃與守護**，師生和經典古文逐漸一起發亮，教室逐漸充滿光，這是多麼美好的課堂風景啊！

推薦序三

以理科腦和科學眼閱讀古文

北一女中物理教師　簡麗賢

閱讀校友張玲瑜老師的大作《黑特國文課本研究院》，古今對話交融，師生腦力激盪，以古文教學為基石，多元角度闡述經典，「脈絡與思辨齊飛，溝通共表達一色」，讀來饒富趣味。這本書列舉的古文，大多是我喜愛的篇章。我有時朗讀經典古文，在抑揚頓挫中尚友古人，以理科腦和科學眼延伸思考，感受古人言簡意豐的思路，增添閱讀樂趣。

閱讀古文有何樂趣？老子《道德經》名言：「五色令人目盲；五音令人耳聾；五味令人口爽。」顏色又雜又多，使人眼花撩亂，聲音和氣味亦然，意謂事物錯綜複雜，易分辨不清。這句名言，蘊含科學概念。

人眼感受的顏色有其主觀和客觀性，成語「五彩繽紛」可謂經歷歲月淘洗、日磨月磋後留下的自然順口的精簡語句，為何是「五彩」？有根據嗎？現代物理學光譜論，一般認為可見光七色，或歸納六色，這確實是很好的古今對話的議題。

人類對於顏色的認知，應是隨著歲月和科學發展而累積。「五色」一說最早可能是《尚書》，《孫子兵法》亦提及，《夢溪筆談》則更有光學論述，包含彩虹、面鏡透鏡和「海市蜃樓」成因。

唐代詩人李白的〈渡荊門送別〉詩句「月下飛天鏡，雲生結海樓」，描寫若隱若現的幻景。以科學眼判斷，「雲生結海樓」是環境中光的折射和反射，古今皆可能出現的「海市蜃樓」現象。

知名歌者費玉清在封麥演唱會中，感性地對歌迷說：「當一名歌者，就在尋找知音，你們是我的知音。」知音難尋嗎？古語「不因歌者苦，但傷知音稀。」「聲氣相求者，謂之知音。」詩人余光中詮釋「知音是為寂寞雪中送炭。」

以理科腦解析，知音確實難尋。就物理學的理論，發出聲音的週期振動源，其聲波頻率必須與接收體的「自然頻率」相同，才能共振，產生共鳴，如同男高音唱破高腳杯，並非稀鬆平常；知音的思維共振，亦然。

書及此，腦海裡浮現玲瑜在學生時期上課提問的影像，一如校園師生對話的情節。喜愛科學與人文的中學生張玲瑜常秉持「惑而不從師，其為惑終不解」的求真求實的科學態度，順藤摸瓜提出質疑或推論，這是眼神充滿求知慾望的玲瑜留給我最深的印象。此外，玲瑜擔任教職後參加演說比賽，論述不凡，論點、論證和論據前後貫串，這應是她「學思並重」的優異表現。

玲瑜以「在不疑處，有疑」的科學精神換位思考，《黑特國文課本研究院》充滿師生對話的思辨，以經典古文為軸心，為學生解惑。對理科學生而言，以科學眼、理科腦閱讀經典古文，結合科學概念重建古人的時空背景，必能體現韓愈「聞道有先後，術業有專攻」的感悟。這是一本好書，值得閱讀和推薦。

名家推薦

身為國文老師我們都知道，學生對於文言文，對於文學，總有種讀與不讀的大哉問。語文教學從文字、文學到文化，我們的課室蘊含三個層次的教學系譜。玲瑜老師以思辨為基石，引領學生從作者視角移轉到生命議題、生活思辨，這點猶如巧婦炊煮之創思，讓食材透出鮮美滋味，還具有擺盤典雅的氣質，這次，她為孩子蹲低身子，孩子就站得更高遠了。

同時，有系統與脈絡地從閱讀的輸入到寫作的輸出，《黑特國文課本研究院》做了最精準的演繹。黑特國文課本的字字珠璣，就得靠讀者翻閱書扉，即刻獲取功力百倍，成為具有邏輯思辨能力的閱讀者。

——丹鳳高中圖書館主任／作家　**宋怡慧**

「等你長大就知道了。」

以前會聽到老師這樣說，大概是因為表達真實不太容易，而語言和文字又不具備精準傳遞訊息的功能，甚至常成為保護內在情緒的外殼。

換句話說，高中國文課程未必能「完全」且「真確」的承擔邏輯與情感的責任，但《黑特國文課本研究院》從真實、多元，以及專業的課堂經驗裡，試圖向高中生說：

「不用等到長大，現在你就可以知道很多了。」

——厭世國文老師

德州政府曾有個困擾，就是當地亂丟垃圾情況很嚴重，政府每年得花二千五百萬美元清掃。不管是貼標語、放垃圾桶都不見成效，於是他們請美國首席「問題解決專家」席瑞克來想辦法。結果，席瑞克一出手，在一年內，德州垃圾減少29%。

當時，他拍了一支經典廣告，找來美式足球明星，廣告裡他在高速公路邊撿垃圾，說：「你要是見到把垃圾丟出車窗外的人，你告訴他我有話要跟他說。」鏡頭外問：「什麼話啊？」美式足球明星惡狠狠地說：「別跟德州胡來！」

你發現了嗎？要粗獷的德州人別亂丟垃圾，不是強調環保的價值，而是請他們心中的英雄，把捍衛環境變成江湖義氣。同樣的，學生質疑課本，玲瑜不是一味捍衛課本，而是帶著他們一起思考，課本有說與沒說的、多說或漏說的，往往趣味就在其中。要學生愛上國文，不是盡說國文好話，而是隨著他們的批評，用好奇的眼神、有趣的思考、再加上一點江湖義氣。

——Super 教師／暢銷作家　**歐陽立中**

那一年聯合報首創要在真實的課堂，對陌生的班級學生現場授課的「U教師」教學競技。這是一場極為罕見真槍實彈的比賽，我擔任評審，就在這場比賽中我認識玲瑜老師。她的邏輯清楚，很能深入淺出地引導同學思考，評審團對她的表現都很驚豔，拿到這本《黑特國文研究院》的書稿，我覺得她又比五年前更大器了。

——台灣家長教育聯盟副理事長／教育部課綱委員、課審委員　**林文虎**

從北一女多元選修「城中詩樂園」到臺大師培教材教法的寫作引導，從國文新課綱理念實務到社群媒體的發想傳動，玲瑜老師堪稱教育的一線引航者。她的新書《黑特國文課本研究院》，從大家耳熟能詳的高中二十篇選文層層叩問，解碼文章焦點，更以小說筆法在眾聲喧嘩的語境下，使拿起這本書的讀者能夠登堂入室。

——北一女中國文科老師　**歐陽宜璋**

Taco是一位很有才的高中國文老師！和Taco是因新北國文課發中心而結緣，她文思敏捷，觀察細微，長期專注於國文教學。這本新書運用和學生對話之技巧，讓古文讀起來更能融入生活，所謂素養教學，正是如此！

——新北市高中國文課程發展中心召集人／中和高中校長　**柯雅菱**

閱讀多深才算夠？閱讀玲瑜的書宛如今人坐在古人私塾里進行動人的師生對話。將兩個時空串聯起來的隧道是什麼？如果說是萬年笛聲，那麼思考就是創造魔幻的力量。別放過對話裡的信息，那都是我們可以擷取的認知與視角，那是玲瑜老師思考的結晶，溫暖的、深情的、理解的、通透的，都在書裡閃閃發亮呢！沒有理論，卻處處是方法。

——馬來西亞弘文館教育中心執行長　**黃淑珍**

代序

不相信課文，反而讀通經典

最近有一個連鎖家具店廣告很火紅，影片一開始，小女孩耐著性子等爸爸在廚房裡手忙腳亂一番，終於，爸爸開心地端出水餃，但女孩尷尬地發現水餃都煮破了；後來，他們一起整理收進來的衣服，女兒整理得比爸爸整齊；他們也一起整理玩具，不過爸爸慌張之間，差點被玩具絆倒；接著，女兒幫爸爸吹乾頭髮後，爸爸也設法幫女兒綁好頭髮，從他笨拙的手勢看得出來，這也不是他平常要負責的工作。看到這裡，觀眾要不禁納悶，女孩的媽媽到哪兒去了呢？

終於在女兒躺平睡下，爸爸也不支累倒後，媽媽推門進來了。

原來，媽媽是一個防疫人員，今天在醫院加班了一整天，到深夜才返家，拿下口罩時，臉上還有一點過敏的樣子。看著爸爸勉強撐持一天的家，雖然還是有些凌亂，但是她心中充滿感恩。這時候，字幕上出現：「謝謝無名英雄背後的無名英雄。」

這個句子裡有兩個「無名英雄」，第一個「無名英雄」說的是第一線的防疫人員，第二個

「無名英雄」說的是背後支援的家人。這樣的故事，防疫人員也可能換成是男人，在雙薪家庭裡，因為爸爸加班加時，原本負責背著娃娃回家的爸爸不在家，換成媽媽要接孩子，推著娃娃車上捷運手忙腳亂狼狽不堪，或是負責唸故事給孩子聽的爸爸不在家，媽媽洗完碗還要設法優雅地唸故事。

我當年讀高中時，偶然唸到李白〈子夜吳歌．秋歌〉：「長安一片月，萬戶擣衣聲。秋風吹不盡，總是玉關情。何日平胡虜，良人罷遠征。」[1]直覺地喜歡上它。就說前兩句，「長安一片月，萬戶搗衣聲」。這兩句，在若有似無的對仗中，拉開一幅美好的畫，這一幅畫是長安城的全景，還有一個月亮懸在長安城上，極其熱鬧而優美！

當然，這首詩的主題，不只在描寫一幅夜景，它要刻畫的是在這個平靜的夜晚中，第一線的保衛國家的前線戰士背後的「無名英雄」。這些人是長安城裡的婦女，明明是一個寧靜美好的夜晚，但是她們沒能休息，一戶戶都在辛勤地「擣衣」，每一個「擣衣」的婦女，心中所想的就是還沒有回到家的「良人」，「良人」在玉門關守護家園，秋風吹不散擣衣聲的日子有多長，想念良人的日子就多長。「何時平胡虜，良人罷遠征？」不是「一個」問號，而是擣衣的「萬戶」共同的問號。他們都在等，等這一場仗什麼時候可以打完，這樣的日子趕快結束。

詩人目睹戰爭帶給人民的煎熬，憐憫人民的辛勞，選擇第二層次的無名英雄來烘托一個時代的苦難。詩人平淡的句子背後，隱隱淌著後方與前線兩者內心的酸楚，透過「側寫」，把一個沉重的主題寫得細緻動人。

這次的新冠肺炎也帶給我們很大的衝擊，讓無數醫護人員、防疫工作者、藥局人員，從二〇二〇年一月至今，加班加工，相信他們本身，和他們的家人，天天都在期盼疫情可以趨緩、解除，只要新冠肺炎這個「胡虜」外患未平，就還是不能完全回到原本的生活。

有趣的是，「擣衣」究竟是什麼意思？我們在古裝劇裡看到很多擣衣洗衣的動作，為什麼捶打衣服，可以把衣服洗乾淨？家家戶戶半夜到河邊洗衣服，也不太合理。在還沒有手機的年代，我打開字典、查書（也沒有太刻意地找，坊間有很多解釋唐詩的雜書），有書上說：「擣衣」指捶擊衣物使乾淨，有的甚至闡釋：「女子一起搗衣，互訴寂寞」。半夜約好去洗衣服互訴寂寞？這上萬少女揪團洗衣服的畫面實在讓我很難接受。

大部份的說法是把「擣衣」解成製衣的過程，指的是「用杵捶打生絲以去蠟，使生絲柔白而富有彈性，而能織成衣物」的動作。這是婦女為戰士製征衣的工作。也作「搗衣」。

1 全詩翻譯：秋月皎潔，長安城一片光明，家家戶戶傳來搗衣的聲音。砧聲任憑秋風吹，怎麼也吹不盡，總是牽繫玉關的親人。什麼時候才能平定敵人（胡人），丈夫就可以結束漫長征途？

原來生絲有蠟？

過去，談這首詩的時候，老師可能也會探討到——捶打衣服是「漿洗」衣服的過程，婦女利用米漿浸泡衣物，再把髒污連同漿「捶打」出來，可以洗淨衣物，但夜半的擣衣聲（砧聲）應是來自製衣的過程[2]。如今，談這首詩，我們再把這一首詩帶出一個道理，連結學生的生活——每一個社會都有突如其來的戰役要面對，當這個特殊的狀況發生時，很多家庭與產業鍊都會受到影響，有些物資會突然有大量的需求，必須即時配合上，很多人員也會受到影響，必須增加負擔，半夜趕工，假期加班，社會呈現著種種不安和焦躁，也考驗著主事者的應變能力……

由〈子夜四時歌．秋歌〉推到戰爭對產業的衝擊，帶出了一個議題，因為這個議題，我們掌握了那個時代，也想到了自己的處境。

不輕易相信一個文本、不放過任何訊息，讓我們可以看到更多，不是嗎？

一起跟「理科腦」和解吧

有個學生曾經跟我說：「**老師，國文課本裡很多幹話。**」「幹話」是同學間的慣用語，這個次級語言，維基百科是這麼解釋的：「幹話」就是「**聽起來似乎有一些道理、但事實上會發現似乎有說跟沒說一樣，不切實際的話語，基本上就是空話，但還是有人會相信。**」可見他對於課本中「世態人情透澈的觀照與記錄」，空洞無感，尤其厭惡太多說教的語言，因此那些感性的抒發、見解的陳述，他們原本就沒有興趣，不消辨證國文是不是像英數理化那樣有具體的作用。

我把那句「**老師，國文課本裡很多幹話**」寫進粉專PO文，不過，改寫成大家在本書裡看到的「**老師，那些教忠教孝的文章，思辨的空間似乎不大**」。原來的句子像是在抱怨，但是經過改寫，變成了一句很有力量的控訴，獲得很大的迴響，我並且把師生對話的情境，用不失活潑，但是思辨的筆調改寫出來，這句「**那些教忠教孝的文章，思辨的空間似乎不大**」，就變成一個

2 王建〈擣衣曲〉清楚說明夜半砧聲來由。該詩前半描繪了半夜擣絲去蠟，杵聲打擾鄰人睡眠的情形：「月明中庭擣衣石，掩帷下堂來擣帛。婦姑相對神力生，雙揎白腕調杵聲。高樓敲玉節會成，家家不睡皆起聽。」。該詩後半「秋天丁丁復凍凍，玉釵低昂衣帶動。夜深月落冷如刀，濕著一雙纖手痛。回編易裂看生熟，鴛鴦紋成水波曲。重燒熨斗帖兩頭，與郎裁作迎寒裘。」則寫出處理生絲的過程，和秋夜擣衣之苦。

重要的命題，讓我自己也沉吟了。

我所寫的教學故事，都從真實的課堂出發，卻又刻意與真實的教學情境保持一點距離，寄託我的一點想法。我為學生真正所做的事，我付出的努力或創意，也許在講座時分享，但不見得寫在粉絲專頁上，在粉絲專頁上用改寫過的故事筆觸，倒也不是為了不想給人「消費學生」的印象，我認為把教學故事搬出來分享也是好的，以後我也不會排斥這麼做，我是覺得自己有一些話想說，用這個方式來寫比較清楚。

我謝謝曾經不夠喜歡國文的學生，他們讓我一起越來越不相信課文，找到另外一半的自己。怎麼說呢？其實我自己也有半個理科腦！國中的時候我的數理成績比國文成績還穩定，甚至是樹林國中那一屆唯二的高中數理資優的獨招推薦生，因為沒有考上第一志願的數理資優班，放棄到其他高中當數理資優生的權利，參加北聯。當年，對於課文，自己多多少少會覺得有些地方好像沒有邏輯，卻一直沒有放開自己的思維，追根究柢，考試考過了就算了，懶得深究，當了國文老師之後，竟然也一時沒有讓自己和課文對話起來——

韓愈說：「師道之不傳也久矣。」可是現在求師問學的人很多，我們現在探討求師問學，還需要用〈師說〉當文本嗎？

「讀〈出師表〉不墮淚者不忠！」〈出師表〉與現代人有什麼關係？

當我找到另一半的自己，我希望做到的是：把理科腦看事情的優點，拿來讓更多人看到課文的更多面向——

理科腦的優點是什麼？「理科腦」應該是頭腦比較清楚，比較有邏輯，專家又說科學的邏輯和解決問題的邏輯未必相同[3]，而國文課本裡的邏輯應該比較偏向後者。我正視弱點，放大優勢，把古文重新梳理，轉化為深刻的思辨，也對思辨教學有了一些領會。

3西村克己《邏輯思考法圖解》（商周）：「一般人都認為理工出身的人很擅長邏輯思考……從某些層面來看，他們或許是合乎邏輯的，但他們有個缺點，喜歡在狹義範圍的邏輯中思考……真正的邏輯思考應該要掌握整合事物整體及其部份之間的關係，再按道理思考，而後運用理工科出身者所擅長的『在狹義範圍中依邏輯探究真理』，更具正面意義。」

為批判的本能鬆綁

另外有些同學的性情很纖細，感情很豐富，心很軟，愛閱讀小說，他們可能是個國文通，有的也會感覺國文課本裡的古文有些陳腐。不論是理科腦也好，小文青也罷，這些同學誠懇面對自己，有個性，有想法，即便是提出對課文負面的反應，也都是對文本的一種審視。如果有同學學習國文，只是生吞活剝，應該從這些學生身上學到一種態度，那種態度，與「批判」、「思辨」有些接近。

對課本不滿意不等於思辨，但是與思辨接近。經過這幾年的嘗試，我感到「思辨」需要三個條件：

第一是自信，相信自己，勇敢提出自己的觀察，讓自己的聲音被聽見。

第二是傾聽，尊重對方，虛心聆聽別人的意見，包括認同的意見和反對的意見。

第三是耐心，耐心追尋答案，把相關的條件加進去思考。

將「黑特的力量」化為「思辨的能量」

同學們在讀古文時，即使有疑惑，有時候覺得自己的問題可能無關宏旨，老師沒有辦法在進度壓力下再去關心這些東西，就放在心裡，於是他們的心聲，一直沒有機會得到正面回應。有時候，同學們則是根本就存心來鬧，其實問出了很好的問題，非常值得好好回應，那麼，當老師好好回應的時候，學生是否認真地聽進去了呢？這樣的一本書，也像讓我們看到，抛出問題後可以引發多酷的漣漪。

也許，每個人的內心都有一個「理科腦」和「文青魂」，看了這些故事，他反而會詫異：「其實我也有這些問題！我過去怎麼沒有去追根究柢？」只有理科腦或文青魂的，也會覺得詫異：「為什麼我沒有這些問題？明明是不太對勁。」能長出理科腦和文青魂，更敏銳犀利；明明有理科腦，卻只是怪自己沒有文青細胞的，也找到自己的理科腦進化的方向，找到自己體會課文的微妙角度。

如果你是一個學生讀者，在這本書裡找到解答，應該會跟我的幾個學生一樣，產生更多的問題，在國文的學習上脫胎換骨。就以「長安一片月，萬戶擣衣聲」這首詩來說，你可能會繼續問：為什麼是「秋」夜？這個季節擣衣特別難受，因為天氣變冷，手工業時代，產業與天候的關連是很大的。

如果您是一位教師讀者，在這本書裡找到你要的東西，我想告訴您，即使我們平常教學很樸實，當我們做了很多思辨的功課，看了很多思辨的故事，真的要做思辨教學時，同學會覺得我們有備而來。如果您有興趣改變上課的節奏，引導同學發言、思考，卻遭遇學生更多的怨言，不妨適性發展（理科腦？小文青？廢柴思考？），酌量進行，循循善誘。善於等待魚兒上鈎，把握思辨的稀缺性，學生反而會回味無窮，尤其是明確地規畫，事先清楚地宣告，學生不僅不會焦躁不安，擔心又要思辨，反而一回生，二回熟，優游自得。也不妨直接推薦本書作為班級的讀物，讓這本書的內容，成為您的外掛程式。

我們從遠方出發，最後看清起點

我每天都要逛一逛網站，看看臉書——幾個大社群：「全國國文教師教學討論坊」、「台北市高中國文科輔導團」、昌政老師開設的「國文教材教法」臉書社群、各「閱讀」社群，還有張輝誠學長的「學思達教學社群」，都站在無私服務的角度交流訊息；看師大國文系的易理玉老師、台大中文系的歐陽宜璋老師如何有效地設計教學流程，用心地帶師培課、有智慧地安排課程和流程；看黃麗禎老師教國文，她是師大附中科學班的班導師，她常說：附中的學生很愛「玩」，我想那是指他們喜歡「探索」與「新鮮的挑戰」，我益發自我要求國文課的探索趣，也向黃老師看齊，成為她那樣熱愛閱讀的書蟲；我到宜蘭高中觀吳勇宏老師的課，為那麼擇善固執的態度傾心；更不得不提學科中心的研習與每一期的電子報……

這些都是我的源頭活水，讓我知道教學有更多可能，有各種更深入，更貼近各種學生的設計，也深切體認到，給我們最大的依靠的還是最初的起點。常常我覺得，我想說的，與過去老師教我的有「見山又是山」的呼應。中學求學過程中的葉劉良玉老師、王玉芳老師、郭美美老師，師大的賴明德老師、尤信雄老師、沈秋雄老師、劉正浩老師、高秋鳳老師、賴橋本老師等，都啟發我很多，尤其林礽乾老師的「四書」、陳文華老師的「近體詩選讀」總是讓我帶回長長的筆記；課外，我也追逐著王德威老師、顏崑陽老師、何寄澎老師等人學術發表會的講座、康來新老師的「紅樓」、王安祈老師的戲曲課，我覺得他們的課在任何課綱裡都受用。

最幸運的是我教學過程中遇到很多很愛學生的同事，他們每天都在教導我：如何溫柔又幽默地以愛教學。永吉國中徐月娥校長及國文科的林黛君、其他科的王吟容、劉慧嫈老師等對我教學的啟蒙，海山高中從錄取我的張再興校長至今的吳松溪、林蕙質、徐美玲、古秀菊校長及團隊，還有張鳳庭老師等海山國文科每一位老師，以及待過的兩個辦公室陳清美、董芳成老師等，他們讓一個只會突然對什麼事認真起來的我，思考可以更圓熟一點點。我的學生更是我最好的學習對象，包容我的學生是天使，教我愛；曾經對國文困惑過的孩子，也啟發了我的耐心。

就以「長安一片月，萬戶擣衣聲」（〈子夜吳歌．秋歌〉）這首詩來說，我們想方設法，帶同學逐步思考，看到作戰在任何時代都將帶來整個社會的不安與焦躁，終究還是希望同學們在亂世中知所進退，內心平靜，並扮演一個更有溫度的人。

「鼓勵同學思辨」這回事，要在教室圍牆裡落實，並不是立竿見影的事，經過長時間的摸索，我確認這是我希望呼喚更多人一起追求的目標。我很感謝謳馨出版社的吳文斌老闆，鼓勵生嫩的我開始寫教學文，讓我不斷確認、昇華我的教學理念，也因此讓同學比較懂得我在做什麼，甚至還有幾次，讓同學為課程忘情地鼓掌。我尤其感謝聯經出版社，還有李芃、妍廷的用心，讓思辨可以用這麼精美的方式，帶給更多關心它的親師生。

壹・現代人這樣說

第一章

老師，可是現在求師問學的人其實很多

〈師說〉

原文

古之學者必有師。師者，所以傳道、受業、解惑也。人非生而知之者，孰能無惑？惑而不從師，其為惑也，終不解矣。

生乎吾前，其聞道也，固先乎吾，吾從而師之。生乎吾後，其聞道也，亦先乎吾，吾從而師之。吾師道也，夫庸知其年之先後生於吾乎？是故無貴，無賤，無長，無少，道之所存，師之所存也。

嗟乎！師道之不傳也久矣！欲人之無惑也難矣！古之聖人，其出人也遠矣，猶且從師而問焉。今之眾人，其下聖人也亦遠矣，而恥學於師。是故聖益聖，愚益愚，聖人之所以為聖，愚人之所以為愚，其皆出於此乎？

愛其子，擇師而教之，於其身也，則恥師焉，惑矣！彼童子之師，授之書而習其句讀者，非吾所謂傳其道、解其惑者也。句讀之不知，惑之不解，或師焉，或不焉，小學而大遺，吾未見其明也。

巫、醫、樂師，百工之人，不恥相師；士大夫之族，曰師、曰弟子云者，則群聚而笑之。問之，則曰：「彼與彼年相若也，道相似也。」位卑則足羞，官盛則近諛。嗚呼！師道之不復可知矣。巫、醫、樂師、百工之人，君子不齒，今其智乃反不能及，其可怪也歟！

聖人無常師，孔子師郯子、萇弘、師襄、老聃。郯子之徒，其賢不及孔子。孔子曰：「三人行，必有我師。」是故弟子不必不如師，師不必賢於弟子，聞道有先後，術業有專攻，如是而已。

李氏子蟠，年十七，好古文，六藝經傳，皆通習之。不拘於時，學於余，余嘉其能行古道，作師說以貽之。

「師道之不傳也久矣」，但是現在求師問學的風氣很盛，什麼都有人教，什麼都有人願意花錢去上課啊！

「Taco老師，我上〈師說〉上得有點心虛。」

「怎麼說？小高一都挺乖的吧！」

M老師已經執教好幾年，沒事來開個話題。原本以為是閒聊，不過聽聽年輕人說說感受很有收穫。

「前幾個段落還算蠻好教的，但是這一課的主題好像跟現代生活不相吻合，最後在賞析的時候，我覺得有點勉強。」

「會嗎？」我還不能完全理解，她絮絮地再往下說，我漸漸明白她的困境——

「韓愈說：『師道之不傳也久矣』，但是現在求師問學的風氣很盛，什麼都有人教，什麼都有人願意花錢去上課啊！十二年國教更是使教育普及，同學並不需要特別求師問學，乖乖在台下聽課也是求師啊。再者，對他們來說：『無貴、無賤、無長、無少，道之所存，師之所存』

（同學說：有錢沒錢，都可能教得不錯；年輕的老師，只要會教，也不錯，不一定要資深的。）天經地義，理所當然，您覺得韓愈的糾結點，在學生身上也可以看得到嗎？」

哈，其實這個問題困擾了我很久，我嘀咕著，還沒開口，M老師繼續她的問題：

「像是柳宗元，也有個人想『求學於彼』（向他請學），柳宗元怕跟韓愈一樣，要是收學生，恐怕會引來一些議論，所以就想說：還是好好做自己的學問好了。韓愈對於收學生，有一些自己的堅持，即便引來一些耳語、嘲諷，也堅持收學生。這突顯韓愈傳承道業的決心，這個點，我覺得還不錯，但也和學生的處境還是有些距離，還能不能找到一個跟他們的生命更扣得上的論點來談呢？」

國文老師越來越厭世，一方面是社會環境變化太快了，古文很難有共鳴，越來越不討喜；二來，老師自己對教學要求也提高了，過去，照本宣科，段考高分，不論是年資深淺，都可以看到認真優秀的教師在講臺上成為孩子們的教主，讓同學忠心追隨。現在，老師們受到大環境的影響，越來越多人自問，我教的符合教育思潮的理想嗎？那個自問，恐怕比臺下的小孩想得還多，質疑得還深。真是令人動容。

「的確有些古文不好融入議題，不過，〈師說〉不會。」

「怎麼說？好想知道 TACO 老師怎麼講哦。」她的眼神中，有好奇，有溫暖。

「我問你，如果有一家補習班說：上我們補習班一期課程，可以學會做十道菜；另一家補習班說：上我們這個補習班的課，可以學會烹飪的精神。你認為哪家補習班收學生會比較容易？」

「前者。」

「為什麼呢？」

「比較實用。」M老師不假思索地說。

「啊！我懂了。韓愈在文章當中，提出了『句讀之學』、『巫醫、樂師、百工之人』，這些學習，都是學一些實用的學問。然而韓愈想要傳授的，是文化和思想。」

一語中的。

「因此，我們在解『句讀之學』、『巫醫、樂師、百工之人』這些的時候，不要只是解成——「小地方找老師」，或是「那些地位比較低的人找老師」，去反襯著士大夫之族自己，成年人，地位高，反而礙著面子拉不下臉沒有找老師而已。『位卑則足羞，官盛則近諛』，恐怕是可以拿上檯面說的考量罷了。

說到底，韓愈遇到的是一個千古教育上的永恆困境，那就是：關心文化思想傳承的，總是社會中的少數人；真心喜歡文化思想的，都是小眾。

大學聯考的錄取標準，中文系的分數，難道不是敬陪末座？如果要找墊著背的科系，哲學系常常就是那個答案。大家都知道「思想」（道業）很重要，所有的學問最後都是philosophy，但是任何一個，像李蟠一樣，已經很用功，還真心想向韓愈這種的確很有想法的人求師問學，絕對是特別有想法的人。

「古之學者，都會有『道』、『業』的『惑』要『解』，從文章一開始，韓愈就叨唸著文化的傳遞，強調能夠解道業之惑的老師，才是他說的老師。國文老師看得很順眼，但是，在沒有道業求師風氣的韓愈時代，包括現代，其實『今之眾人』才是主流。『今之眾人』為什麼不求師而問（道業）？他們真的沒有問題嗎？真正的原因是——」

「他們不在乎這個問題。」

「沒錯，只有不在乎這個問題的人，才會覺得『位卑』『官盛』使他們羞赧不想前去。」

有些老師也在這一課當中，銜接到同學問問題的習慣不足，也有老師請學生想想自己遇過的老師分成哪幾類？怎樣的老師是傳道受業解惑的師？所以，韓愈〈師說〉所書寫的焦慮，不只與同學之間有共同點，而且這個焦慮和困境很有亙古的意義。就算時間不允許讓同學深入討論，也值得在課堂上拋出來。

在這一篇文章中，我們看到韓愈「文以載『道』」的理念，展現在他對「道」的關懷凌駕了對百工素養的關心。他走的是培養「人文素養」的路，跟「巫醫、樂師、百工之人」的處境不同，而這正是韓愈覺得充滿使命感的原因。

所以這一課放在第一冊，意義比想像中的重大了。每一個好好學國文的同學，無疑就是韓愈筆下的李蟠。為什麼他們這麼值得嘉許？因為這門學科，是一門包含文化道統的課，它之所以讓他喜愛，其實沒有別的原因，它沒有什麼好的「條件」，它CP值沒有人家高、它實用性沒有人家高、它考不出什麼文化的部份（段考還是背多分），然後你被它說服了，被它啟發了，然後好奇了，想多聽一些，再多看一點。喜歡國文必須要有一點傻氣，不過，每個時代總有來人會告訴你，關注文化的真髓，你會得到一個看事情更高一點點的角度。這是不是真的，只有愛上它的人才能體會。

第二章

老師，這個古人好厭世

〈郁離子選〉

「上了這一課，同學一定要學會貪污。不然我們就白上了。」

我說得很認真，但是同學都笑了。

❋

「老師，〈蜀賈三人〉應該是在諷刺世人不能判斷人才吧？」

「呃，我們讀過很多文章都在提醒領導者識人的重要，期盼國君拔擢有才德的人。但這篇文章似乎不是，它更像在思考：世人就是不能判斷賢愚是非，那我們應該怎麼辦。」

「哇，他寫這篇文章的時候，一定很厭世。」

劉基是個很會說故事的人，相信大家小時候就看過「賈人渡河」的成語故事，那你們都唸過劉基的作品。同樣拿賈人[1]當主角，〈蜀賈三人〉更加犀利，也更發人深省。

他先以三個藥材店的營運分析開頭。

其中一家只賣好藥，價錢公道，卻瀕臨倒店的命運，好心沒好報；另一家藥材店，會進一些廉價的次級藥，並且懂得觀察顧客的需求，捨得花錢的客人，他們就給他貴的藥；比較捨不得花大錢的客人，他們就推銷平價的藥，生意好很多了；最後一家藥材店只賣廉價的次級藥，常常送贈品。三家店當中，生意最好最興隆的，是第三家藥材店。

原文

蜀賈三人，皆賣藥於市，其一人專取良，計入以為出，不虛價亦不過取贏。一人良不良皆取焉，其價之賤貴，唯買者之欲，而隨以其良不良應之。一人不取良，惟其多，賣則賤其價，請益則益之，不較（客人要求多送一點藥材就會贈送，不計較），於是爭趨之，其門之限月一易，歲餘而大富。其兼取者趨稍緩，再期亦富。其專取良者，肆日中如宵，旦食則昏不足。

這個文本，具體地道出一個行銷學的案例，對這個時代充滿啟發性。

怎麼賣藥最賺錢？從現在行銷觀點來解釋，搭配表格整理對照，一目了然：第一家的客層鎖定高階顧客，但是完全沒有相關的行銷配套；第二家一次打兩種客層，高階客層和中低客層；

1 賈人與商人，其實含義不同，前者本意是指開店面的人，後者是到處做生意的人，所謂「行商坐賈」，就是此意。

第三家主打中間以下的客層，而且運用了相關的行銷手法——把廉價的藥材當作贈品，加量不加價，最後成功創造了超高的營業額。它與一般人熟悉的行銷策略概念術語：「客層」有關。

我們以行銷學的４Ｐ理論來分析本案例——４Ｐ分別是product（產品）、price（價格）、place（地點）、promotion（促銷），是行銷人員最基本的四個思考方向，更是一目了然。作者透過這個事例，指出「堅持賣好藥的人快餓死，但是不要太堅持的商家反而賺大錢」的荒謬性。

表一

	poduct（產品）	price（價格）	place（地點）	promotion（促銷）	營業額
第一家	A級	高	X	X	低
第二家	A級 B級（C級？）	高、低	X	X	中
第三家	B級（C級？）	低	X	加量不加價	高

說好聽些，這是薄利多銷，卻也是對人性充滿了失望，看得正向的讀者都快要放棄理念——高格調的人累得快，死得早。這個故事實在厭世，依這個邏輯來看，將來同學們開店賣烤香腸的話，「賣爛的香腸比較賺！」開店賣飲料的話，「賣養生的飲料會倒店！」

這個故事是原文的第一段，為後文的鋪墊和隱喻。郁離子關心的終極面向不是商場，而是政治。他在第二段中再提出：真正廉潔的縣長，窮到卸任的時候雇艘船都沒錢，下場淒涼，但是「無所不取」的貪官，懂得把貪污來的錢巴結上級、「照顧」百姓、禮遇有錢人，儘管大家都約略知道他貪污，卻反而與他靠近，最後一路升遷，身居高位。

原文

郁離子見而歎曰：「今之為士者，亦若是夫！昔楚鄙三縣之尹三，其一廉而不獲于上官，其去也，無以僦舟，人皆笑以為癡。其一擇可而取之，人不尤其取而稱其能賢。其一無所不取，以交于上官，子吏卒，而賓富民，則不待三年，舉而任諸綱紀之司，雖百姓亦稱其善，不亦怪哉！」

當我們在談這段的時候，同學們從一個認真的聽眾，變成了省思者。

「上了這一課，同學一定要學會貪污。不然我們就白上了。」

明明我講得很認真，同學都笑成一團。

「我不是要你們去貪污，而是你們要真的知道怎麼貪污，才知道怎麼處世。你必須知道那些人在幹嘛。貪污有貪污的技巧，劉伯溫說得很具體：『無所不取，以交于上官，子吏卒，而賓富民，則不待三年，舉而任諸綱紀之司。』」

「我們假設一個情況：總務股長收班費的時候，收了某個人三千元，其實只要收兩千五，那個同學自己呆呆的忘記了自己還沒有找錢，總務股長就邪惡地來找我說：『老師，這是您前幾天掉的錢。』你們覺得他會給我多少？」

同學都睜大眼睛，這個故事太黑暗了。

「然後老師摸摸總務股長的頭說：『你這孩子，懂事！下學期還是你當總務。』下學期，那個總務股長更知道誰比較糊塗，多收的金額提高到一千。你們覺得他會留多少？」

大家都樂了。

「這就是『結交於上官』。很快地，其他的股長，也來巴結老師。老師的身邊有一堆幫老師開財源的人，如果有人敢告密，就幫老師消滅它。這樣的社會可不可怕？更恐怖的是：你不結交，你就輸給另一個會去結交的人！在政治圈的現實生活中，你覺得這個文化是不是存在呢？」

表二

	poduct（產品）	price（價格）	place（地點）	promotion（促銷）	
	理念	要求		手法	人氣
A官員	A級	不貪污	X	X	低
B官員	?	視情況貪污	X	X	中
C官員	?	無所不取	X	與人分享，跨界連結	高

由表二中可以清楚看出，「有沒有貪污」只是其中一個面向而已，C官很有政治手腕，有政治手腕，是政治圈的生存之道。只有道德理念，沒有手法，很快就玩完了。

類推策略

為了讓同學弄懂「堅持理念的餓死，不要太堅持的賺大錢」這句話，我請他們舉出更多例子，這些例子攤開之後，這門課來到了厭世的高潮——

1. 師例：大學教師評鑑，認真點名的教授分數低，不要太機車的分數高

2. 生例：大家都知道有機食品比較健康，但是一般的食品更好賣，獲利更高

3. 生例：大家都知道用心的記者做出的好新聞很棒，但是沒人看，八卦新聞和口水還是點閱率最高

4. 生例：大家都知道哪些書有益身心，可是漫畫和奇幻小說賣得最好

5. 生例：大家都知道藝人要有實力，可是只有外表的偶像演員層出不窮，養成成本很低

6. 生例：大家都知道網路資訊有些很有營養，但是搞笑的影片實況錄影最受歡迎，成本尤其低

7. 生例：大家都知道有些創作歌手寫得很認真很美，但通俗化的芭樂歌仍大行其道

市場機制、民主制度、網路環境，本來就是一個奇怪的競賽，決定誰是贏家的人，數量龐大，混雜了很多不專業的裁判。

焦點閱讀 I

「所有民主制都一樣，選民投票優先考量的往往不是理念與能力，而是『誰最懂我』。如果從政只問理念與能力，科舉不就好了，何必民主選舉？」（奇摩新聞）

這段話真是令人匪夷所思，它等於承認那些當選人往往是沒有理念和能力，只是因為很懂選民，所以拿到很多票數。大家不再像以往搖頭感慨選民的素質低落，而是理直氣壯地說：如果要選出一個理念和能力都好的候選人，就不應該找選民投票。這一段話是為某個政治人物護航，但是邏輯不通。

焦點閱讀 II

「鄉民們就一句話，他可能就能在那個當下享受被推爆的快感，此生足矣。」

「當我們在問：鄉民在幹嘛時？首要地，必須認識到，鄉民們的每個行動都是包含著個人與集體的曖昧矛盾。」

（網路資料）

那我們還要堅持理念嗎？薄利多銷，成本考量，行銷手段，才是王道。那我們還要堅持理念嗎？裁判充斥著情緒化的人格，掌握裁判的心理弱點，才是勝出關鍵。不是理念。

我們的教育必須要帶領同學正面與厭世觀對決一次，因為我們不希望看到同學有一天發現，整個教育過程中，我們竟然都活在美化過的世界裡，真正的市場機制，使我們教的東西變得不堪一擊。我們越希望自己所反覆強調的夢想與堅持——不同流合污，不降格以求——可以留在更多的同學心裡，身為教育者，我們必須反問：我們真的知道庸俗和劣質的世界是怎麼讓這麼多人深陷其中嗎？

反向策略

最後，我請同學們舉出反例，並指出成功的關鍵。

1. 師例：《我們與惡的距離》以深入的人性刻畫，讓沉重的議題成為當紅戲劇。

2. 生例：蘋果手機，提出高單價高品質的機種，為品牌定調，成為眾人追逐對象。

3. 生例：園遊會減塑折扣，剛開始大家都寧願多花五塊錢圖方便，在全面性推廣之後，這個作法已經漸漸成為常態。

即便是在遙遠的元朝末年，什麼是有效的行銷手段，就已經是成敗關鍵，如果要迴避自我行銷這檔事，我們只能在角落感傷自己的好東西為什麼賣不掉。要行銷什麼等級的商品，用什麼樣的手段，是個人的選擇，中價位的東西最好賣，理解難度不高的商品最暢銷，迎合對方口味的訴求就管用。我們都活在集體經濟造成的新時代中，在行銷策略之上，良心無價。

「Q，妳來做個結論？」

她看著我，過了幾秒。

「人本來就不可能知道所有事情。只選擇自己所相信的，我認為不是那些人的錯。」

「所以？」

「該由知道的人帶領大家走向正確的道路。」

第三章

為什麼要我們讀那麼多古代的怪咖故事？

〈世說新語選〉

「老師，王子猷〈雪夜訪友〉這一則，我看不懂它到底要跟我們強調什麼？太『任誕』了。」

原文

王子猷雪夜訪友

王子猷居山陰，夜大雪，眠覺，開室，命酌酒。
四望皎然，因起徬徨，詠左思〈招隱詩〉，忽憶戴安道。
時戴在剡，即便夜乘小船就之。
經宿方至，造門不前而返。
人問其故，
王曰：「吾本乘興而行，興盡而返，何必見戴？」

《世說新語》記錄了這一則故事，收入〈任誕篇〉。內容描述王子猷某一個晚上，睡到一半，被雪吵醒。雪很吵嗎？可以把一個人從熟睡中吵醒？無論如何，王子猷醒了，喝了一點酒，吟了幾句詩，想起了戴安道這一位高士，於是坐了一夜的船，到了戴家的門口，卻不進門拜訪，就回去了。

教師手冊上告訴我們，王子猷率性瀟灑，「看重過程勝於結果」，我們也試著演繹了，同學似乎懂了，多少也覺得莫名其妙。也許這就是《世說》的特殊氣質，每個人物都有不同的怪，顯得人人性情特異，這也正是它迷人之處吧！

「那〈支公好鶴〉那一則，你懂嗎？」

「懂，支道林原本喜歡鶴，捨不得牠飛走，於是把鶴的翅管剪斷，後來看牠很想飛，就放牠飛走，這是『將心比心』、『推己及人』的意思。」

「其實，對你們來說，〈雪夜訪友〉這一則，可能比〈支公好鶴〉更容易設想。」

「老師不會是覺得我們很叛逆，所以可以收入《世說新語》的『任誕篇』吧？」

「這個意見還不錯，你們學長什麼躺在桌上睡覺、用藍筆改制服上的學號、請假請到只有體育課和社團時間出席、把紅簽字筆水弄在疊好的衛生紙上……這些精彩的校園鮮事，如果寫成一本書，應該可以讓下個世紀的人當作21世紀的『任誕篇』來拜讀。」

雖然跟同學們聊得還算開心，但我也忍不住自問：《世說新語》的「任誕篇」選入高中國文教材，究竟讓同學學會了什麼？

政權迫害，競富引來殺機，王謝之家，權貴之門，也難逃孫恩之亂，王凝之遇害，一代才女謝道韞險些落於匪人之手……那個時代實在動盪紛亂。

在亂世之中產生的英雄也好，才子也罷，他們如何出處進退，對於生在這個時代的孩子來說，意義何在？

尚友古人，設身處地，是文史的重要訓練，不過，為了讓同學學完這一課，順道思考一下寫作術，我請同學把這一則故事中，「不任誕」的部份一一找出來。

①王子猷居山陰→②夜大雪→③眠覺（醒來）→④開室命酌酒，四望皎然→⑤因起彷徨→⑥詠左思《招隱》詩→⑦忽憶戴安道。時戴在剡→⑧即便夜乘小船就之→經宿方至……

這八個舉動，是一個風雅之士的形象，一點都不狂、不放：他在一個家族的居所，舒適地睡眠，夜裡忽然下起大雪，接著，王子猷醒來。

讓王子猷醒來的，可能是降雪造成的一點點「聽覺」，那是壓在樹枝或是屋宇間的細瑣的聲音，經歷過降雪的人自然能敏感地察覺：聽，下雪了；或者，讓他醒來的，也可能是氣溫變化的「觸覺」，這與第④個舉動很呼應：天氣很冷，他於是酌酒、取暖，以便好好地欣賞雪白清冷的夜色。

隨後，王子猷幽幽地吟起詩來。在一個人獨處的夜晚，尤其對於一個雅好隱逸的人而言，眼前這個世界比平時帶了一點虛幻，更接近詩，更適合獨處，更接近「隱」。他登上小船，漏夜前往，內心絕對是熱的，此刻內心的觸動，能夠了解自己當下的感受的，一定不會太多，親自殺過去一趟吧！擇日，不如當下就走。

是急切了些。但是，這個故事中，真正的放誕，當然是傾注在「造門不前而返」這件事上。既然心是那麼的熱，搞到天冷也不管、一刻也不等，就這麼搖啊搖地過去了，那為什麼不坐一坐再走呢？甚至人問其故，王子猷還用反詰的口氣，理直氣壯地說：「吾本乘興而行，興盡而返，何必見戴？」劇情在高潮中結束。

「同學們，我們在『造門不前而返』停下來，往前倒帶一下，再看一次。大家有沒有發現，有一段很關鍵的時間，被整個跳過了。」

那就是：「經～宿～方至。」

坐了一夜的船，人的思考不會空白。王子猷在那搖晃的船上究竟想些什麼？那麼漫長的一段路，他還經歷了什麼？這一段剪掉的影片當中，可能有他「造門不前而返」的原因。

他覺得跟自己對話才是他真正想要的？船家的無心的話語讓他覺得今晚太刻意了？他有更新的體會，反駁了前面的感動，反而糾結起來，無法跟戴安道對話了？

我們都無法知道。《世說新語》把情節直接接到「造門不前而返」，讓主角由極大的熱突然跳到極大的冷，激烈的落差，給人「放誕」的深刻印象。

「大家都不反對，《世說新語》展現了古代極短篇的寫作美學，這樣突兀的轉折，吸引了大家的目光。同樣的手法，未必只出現在『任誕篇』，像是晉明帝『長安日遠』、王丞相『新亭對泣』等，都在文章裡有一個大轉折，給人出人意表的感受。我想問：如果一定要加到六百字（或說：加一倍的篇幅），這個故事要如何還是那麼成功？」

換言之，把影片剪出菁華跳接，多麼令人大呼過癮，〈雪夜訪友〉做到了，但是一篇好的〈漂流木的獨白〉、〈二十年後的同學會〉、〈從陌生到熟悉〉，如果我們在文章當中，明明安排了轉折，但是因為該交代的事與理沒有交代，或是力道不夠，就會讓那個轉折顯得突兀，讓人感到冷澀。

「老師，那您剛剛說〈支公好鶴〉比較不好懂，是哪裡暗藏玄機呢？」

原文

支公好鶴，住剡東山。有人遺其雙鶴，少時翅長欲飛。支意惜之，乃鎩其翮。鶴軒翥不復能飛，乃反顧翅，垂頭視之，如有懊喪意。林曰：「既有凌霄之姿，何肯為人作耳目近玩？」養令翮成置，使飛去。

在〈支公好鶴〉當中也有一個極大的心理轉折，但它正好是一個正面處理轉折的例子。它安排了一個奇幻的橋段，交代了支公的內心變化——鶴鳥翅翮被剪斷，乃舒翼反頭視之，如有懊喪意——一隻鶴會「反顧」，會「回頭望」、「有懊喪意」嗎？《世說新語》用了一個「如」字，那懊喪之意，可能是鶴鳥的靈氣，也可能根本是支公的體會。經過這個過渡，帶出「既有凌霄之姿，何肯為人作耳目近玩」的結語。如果這一篇少了那一小段，也許我們就覺得支公只是出爾反爾，本要養鶴，想想算了，甚至連帶覺得，那先前剪翮的舉動，莫非也是草率的衝動……

這篇文章還可以多加玩味之處，是「鎩其翮」，是「支公『好』鶴」的「好」。支公雖然不是一般的和尚，但是支公總是個名士，為什麼要用這麼侵入性的手法對待鶴？既然翅膀剪了還能「養令翮成」，可見這招並不保險，到底要剪幾公分才能讓鶴真的失去飛行能力？「鎩其翮」的心態沒有弄懂，就是沒有真的看懂〈支公好鶴〉。

而這個關鍵，恐怕就在「好」字上。

什麼是「好（喜愛）」？「好」就會「懂」。喜歡酒的人，總是能說得一口酒經，滔滔不絕細數著氣味、年份和產地；喜歡攝影的人說得出相機經：廠牌、規格、定價。支公既然「好」鶴，必定「懂」鶴，而這兩隻鶴，讓支公如此費心，一定不是一般的鶴。我們用很俗氣的說法來說：這兩隻鶴，如果一隻值百萬臺幣，兩隻一共兩百萬，誰捨得牠們飛走？同學要懂得那種捨不得，我們才能明白最後支公放走了兩百萬讓牠們飛走，是怎樣的心理層次。怎樣的「將心比心」，才能甘心把非常難得的寶，讓牠消失在身邊。

「老師，我懂了。」

「我都還沒講到重點，你倒是懂了。」

「如果要寫到六百字，要為了下一個情節的推動，做一定的情緒鋪陳。」

說得真好。

「你能夠講到這樣，我實在很感動，雖然我原本要說的不是這一句。」

「所以？」

所以，

1. 要理解六百字的精彩記敘文怎麼做到飽滿，經常閱讀事、理、情細緻明白的長篇，可說是敘事寫作的華麗訓練。那當中有示範了很多漂亮的轉折，把那些轉折省去一點點，就會有一些神秘性。
2. 平時進行長文的閱讀訓練，短篇寫作則用「減法」來思考，這樣的思考，恐怕比用加法思考省力多了。

第四章

老師，道士可能只是想壓榨王生勞力

〈勞山道士〉

我說：如果我們堅持掃下去，那些落賽的，都會不敢褻瀆這間廁所。

（贏得別人給我們的掌聲其實不難，贏得別人給我們的尊重才難）

他們把這話聽進去了，然後，這件事真的發生了。

❁

「老師，您認為砍柴有可能對學法術有幫助？」

「不只有幫助，可能大有關係。」

❁

〈勞山道士〉選自《聊齋誌異》，內容描述王生不耐勞苦，終至學道無成的故事，諷刺意味濃厚。

王生是個富家少爺，願意上勞山求道，也還算有心。一開篇，蒲松齡花了一整段的筆墨交代了這位富少正式加入道士學分班的過程——這一段十分生動，完全符合現代學生加入某家補習班（或是某個營隊、某個才藝班、某間大學）的歷程——

原文

聞勞山多仙人，負笈往遊，登一頂，有觀宇，甚幽。一道士坐蒲團上，素髮垂領，而神觀爽邁。叩而與語，理甚玄妙，請師之。道士曰：「恐嬌惰不能作苦。」答言：「能之。」其門人甚眾，薄暮畢集，王俱與稽首，遂留觀中。

我們讓王生穿上現代服裝看看。

首先，同學們聽說某家補習家有個老師很強（「聞勞山多仙人」），就①背著包包前去探訪（「負笈遠（赴勞山）遊」），②來到班址（「登一頂」），③看到老師神采奕奕、很有自信、學歷高等等，大約就是：看上去，的確不錯，挺像一個名師，不會鳥鳥怪怪的（見「一道士坐蒲團上，素髮垂領，而神觀爽邁」）。於是當然就④進去試聽！「叩而與語，理甚玄妙」，一堂課下來，哎呀，發現老師教得很好，雖然老師再三提醒他我們這裡很操哦（「恐嬌惰不能作苦」），他還是決定報名這家補習班了。報了名之後，發現⑤「門人甚眾。」很多人在這一家補嘛！更是不疑有他，堅定了他進這家補習班的心。

結果這個補習班太操了。一個月左右，王生就「陰有歸志」。

師父想拉他一把，秀了一下該年度的學測指考解題密技：先用超速解出一題選擇題（師父①變出兩個客人），再解出一題計算題（②用一張紙變出月光，③客人倒酒，怎麼倒都倒不完），哇，這還不夠，接著解了三題證明題，題題都是前所未見的超級解法！（④客人用筷子變出嫦娥，又跳又唱，最後嫦娥還會自己跳上桌，變回筷子，⑤師與客人變成小影子，彷彿在月中飲宴一般。）

他告訴這個同學，這都是他當兵無聊時自己想出來的。

蒲松齡用三段言辭加強幻術的真實性——

1.「月漸暗，門人燃燭來，則道士獨坐而客杳矣」→透過對比：現在得點燈，剛剛卻不用點燈，可見方才的假月亮真的存在。

2.「几上肴核尚存」→這是剛剛的客人留下來的痕跡。

3.「士問眾：「飲足乎？」（眾）曰：「足矣。」」→觀眾見證，酒也是真的。

道士深諳世故，看到王生「陰有歸志」，用教學術語來說，這段魔術（法術）表演是「加強學習動機」。果然王生「歸念遂息」。

沒有想到，這招還是也沒有撐很久，王生很快還是受不了苦，決定回去，不補了。

接下來這段有兩個「笑」。道士聽到他不補了，笑了。聽到他要求學「穿牆術」再走，心想：學別的也還罷了，你不肯好好砍柴勞動，什麼都會學不好，學這招等於「撞牆術」，王生還是執迷不悟，道士又笑了。

這兩個「笑」，顯然都是搖頭的笑。

原文

道士笑曰：「我固謂不能作苦，今果然，明早當遣汝行。」王曰：「弟子操作多日，師略授小技，此來為不負也。」道士問何術之求，王曰：「每見師行處，牆壁所不能隔，但得此法，足矣。」道士笑而允之。乃傳以訣……

「你們覺得，道士為什麼要露一手給王生看？」

「讓他繼續幫道士砍柴。」

同學們不認為砍柴有用，順著這個哏，發展下去。

「『學習目標』與『學習歷程』應該有關係，要學法術，應該像哈利波特那樣，上變形學、黑魔法防禦術、符咒學、魔藥學、天文學、魔法史及草藥學、飛行術，是嗎？」

「嗯嗯，沒錯。詐騙。詐騙。」同學隨性地附和，可能的確也覺得很有道理。道士必須說服王生砍柴有用，否則可能是詐騙。

「別的讀者能不能體會，我不確定，但是你們應該最有體會。掃廁所，讓你們成長很多。」身為導師，平時的教育和國文的教學，都是互相照應的。此話一出，同學們都靜默了。

我們的外掃區，掃到一間學校裡最最偏僻的廁所，剛接手這個掃區的時候，整個廁所跟廢墟一樣，長久以來它幾乎等於棄置。開學日，我們全班動員，花了兩個小時，連牆壁和門都洗，陳年污垢，還有蜘蛛網，一一清理，同學掃到每個人滿身大汗，最後把它弄得煥然一新。拍照，上傳家長群組。

（使命感、超有成就感、英雄！）

第一個星期，工人的菸蒂和腹瀉的糞水，再度讓我們傻眼。

（真實的生活考驗，不是一次體驗式的磨鍊，而是日積月累。）

第三個月，還是工人的菸蒂和三天兩頭大到瓷器外的腹瀉黃糞，狀況接二連三，層出不窮。

學生說：老師，為什麼不關閉這間廁所？

我說：因為以前這裡一直很髒，所以來這裡的人的心情也不一樣，如果我們堅持掃下去，把這裡保持得很乾淨，那些落賽的，會不太敢褻瀆這間廁所。

（厭惡、煩躁）

（贏得別人給我們的掌聲其實不難，贏得別人給我們的尊重才難。）

他們把這話聽進去了，然後，這件事真的發生了。我們堅持了一學期，原本一直都沒有什麼改善，到了下學期，我們在打掃時間遇到來上這間廁所的人，他會跟我們點頭，我們不在的時候，那些人也不會再在這裡落賽，大完便也沒有把大便畫到牆壁上。

（另一個高峰）

「上學期，你們幾乎領了所有的整潔冠軍，但下學期，我看著你們打掃越來越隨便，因為看起來沒有很髒。漸漸地，洗手枱黏黏的，角落有灰塵，你們還是領到下學期第一階段冠軍獎牌。然後，那天我提醒你們說：『拖地的時候，牆邊要貼著拖』，結果，你們說：『那種角落，沒有任何一個上廁所的人會去注意。』」

（鬆懈、倦怠）

「請問，如果一個甲生，真的學成了法術，他第一次施展會比較容易成功，還是第五十次？為什麼？」

同學們無語。

「可能是第十次。因為剛開始不熟練，但是成就了仙術之後，會干擾他的因素變得很多。」我接著說──

「你們想，如果他不懂事，學得好法術嗎？」

傳統的師徒制很重視品德的試鍊，新時代的教育理念也常談生活教育、服務學習，但是在古代的王生和現代的王生眼中，都是緩不濟急的高遠理想。

甚至，有些家長和教師也是的。我們常常要孩子們用功，但是很多事就像故事裡的法術一樣，國文要拔尖，其實問題不在國文，而是他不能體會很多人情事理。英文要好，也不只是英文，先不說很多學科背後的素養都是在實際的生活中才能應用，就說學習的習慣，必須從自省開始，不然，學習的動機會消褪、學習的方向會偏差、學習的次序會不穩固，只求近利，不重視基本修養，最後還是學了皮毛。

很多人性的灰暗面，每個人都有，經過老師叮嚀，專家指導，還要人生歷練配合才能改變一個人。葉丙成教授最近才貼文再次提醒我們：面對未來世界，能力比知識還重要，找到資源、結交朋友、洞悉世故、識別問題、給人深刻印象、行銷自己想法，是未來人才必備的六大能力。而我們最大的錯誤是告訴下一代，只要用功就會成功。

在長期（注意，是「長期」）勞動的過程，我們必須專注，必須安全。我們必須把握時間，必須提前返回，我們需要工具，我們必須合作，我們必須耐煩。

廁所、教室、網路社群就是道場。

素養，必須由歷練中領悟；專業不會是編號的試題；品牌，不只要「想得到」，它要「說得來」，還要「做得出」；在專業之前是人格，在品牌的背後是品格。

買一本別人歸納好的筆記，其實沒有弄清楚一件事：真正值錢的是寫筆記的人能夠花漫長時間歸納的那種耐力和能力，不是那本筆記；讓她出類拔萃的，不是那些重點本身，而是整理重點的功夫。那才是「做得出」的實力。

❁

談完這個故事，我要求同學們回顧一下：「王生眼中的道士」和「道士眼中的王生」。這是一個很有趣的對比。

王生眼中的道士

- **道觀清幽**
- **神采不凡（年紀老邁，卻精神奕奕）**
- **談吐高妙**
- **追隨者眾**

道士眼中的王生

- **？**
- **？**
- **恐嬌惰不能作苦**

「道士可能看到什麼，讓他覺得王生嬌惰？」我請同學發揮一下想像力，想一想當初道士看到的王生，究竟是什麼模樣？

「因為他家很有錢。」同學思來想去，這麼回答。

可是道士不能因為他是一個有錢人家的小孩，就說他「恐嬌惰不能作苦。」同學尷尬地笑了半天，答不上來。我問他們：

「你們看過〈墊底辣妹〉這部電影？為什麼這個女主角（彩加）一上場，大家就直覺感受到她功課可能不好？」

同學忽然就明白了，彩加打扮過度、眼神飄忽、好像很開心，可是也有些心浮氣躁，靜不下來。同樣的，不必王生自我介紹，可能在手指、打扮或是談話洩了底，他平時很少勞動，也沒有負責、深思的習慣。他有夢想，但是眼高手低；有堅持，但是很少碰麻煩的事，道士於是嗅到他紈絝子弟的氣味。

新課綱即將展開，教育的理念、考試的型態，弄得親師生都有些焦慮，老師們尤其疲於奔命：我們的硬體要配合，我們的專業要增能，我們要接地氣，我們要能激發學生的學習動機……大家都在把自己弄成王生眼中的道士，但是道士再強，王生最後還是沒有登堂入室。

新課綱時代到了，老師們也許努力成為新課綱的教師，可是同學們算得上是新課綱的學生嗎？

同學重視個人獨特性，重視內在品質勝於分數，重視自己的學術態度、個人專長、系統思考、公民意識要怎麼發展嗎？

這個品格的反觀，比他們去找到外在的靠山影響更大。

我們都無法否認，新課綱要成功，學生們能不能成為新課綱的學生，和新課綱的教師養成，都令人焦躁不安。後者已經很難，前者更加艱鉅。

第五章

老師，古代的愛情故事都好像喔

〈離魂記〉

就像這篇文章一樣，我們原本以為爸爸是主角，但是有一段時間，他得到的只是身分上的尊重。

「老師，《離魂記》的男主角應該是王宙吧？作者真的很討厭，為什麼一開始要從女主角的爸爸開始介紹，我先看到『天授三年，清河張鎰，因官家於衡州。』一直以為這個人才是男主角，就常常會說錯主角的名字。」

「《離魂記》是王宙和張倩娘之間的愛情故事，男主角是王宙，是張倩娘的表哥。有人改寫過這個故事，多加一個王宙的哥哥叫王宇。」

「哈，王宇、王宙，這樣我不會記錯主角的名字了。」

課堂上，在同學們瀏覽故事之後，我用了一個小活動很快地帶同學「掌握故事大要」。我姑且叫這個活動：針鋒相對檢索訊息法。

針鋒相對訊息檢索法

「針鋒相對訊息檢索法」進行方式：

1.請大家花幾分鐘看過故事，等一下回答老師：男女主角的愛情「阻礙」是什麼？

2.老師會提出一系列選項，請各位用原文反駁或回答我。

這個「五分鐘互動」真蠢，但是同學一聽，個個眉開眼笑，滿心期待。

原文

天授三年，清河張鎰，因官家於衡州。性簡靜，寡知友。無子，有女二人，其長早亡，幼女倩娘，端妍絕倫。鎰外甥太原王宙，幼聰悟，美容範，鎰常器重，每曰：「他時當以倩娘妻之。」後各長成，宙與倩娘，常私感想於寤寐……

師：「男主角長相很抱歉？」

生：「NO，NO，他『美容範』！」同學立刻上手了。

師：「男主角個性木訥笨拙？」

生：「NO，NO，他『幼穎悟』！」同學反應更快了。

師：「男主角性格不好？」

生：「……沒有吧」

師：「女主角看不上男主角？」

生：「NO，NO，她『常私感想於寤寐』！」

師：「家長反對？」

生：「嗯嗯，『有賓僚之選者求之，鎰許焉。』」

王宙生得好，天生資質也不壞，他以出色的外表和天生流露的儀態和氣質，完全吸引了這個「端妍絕倫」的女孩。

史瑞克那種一點點自卑的困擾，王宙沒有；獨占花魁女的賣油郎那種過於卑微木訥，身分、才情的落差，王宙也沒有；他也不像流星花園裡的道明寺，有優於一般人的家世背景，以致於傲慢野蠻，要靠女主角的磨合才漸漸產生愛情。

上天把什麼條件都給了他們，但是他們還是不能在一起。

師：「家長反對的原因是什麼……家族的仇恨？」

生：「老師你羅密歐與茱莉葉上身哦？」

師：「家長要男主角考上功名（狀元）再回來娶她？」

生：「……沒有。這太芭樂了。」

師：「爸爸嫌貧愛富？」

生：「嗯嗯，『家人莫知其狀。後有賓僚之選者求之，鎰許焉。』」

雖然沒有「考上功名，洞房花燭」的經典橋段，但是家長的保守觀念阻止了快速萌生的愛情，這個老哏是有的。

兩個情人受到家長反對，萬分憂傷之下，都有一些固執：張鎰勸王宙留在衡州，但是王宙心情抑鬱，加上被對方拆散鴛鴦，絕不領「兇手」這個情。原文道：「宙陰恨悲痛，決別上船。」王宙不只是「憂鬱」，作者用「（恚）恨」、「悲痛」來形容。張鎰一開始並非把祝英台嫁給馬文才的祝父那種嫌貧愛富之人，他一開始很欣賞王宙，給了王宙一個夢，沒想到有賓僚之選來提親，張鎰就見異思遷，這個期待的落差，說話不算話，讓年輕人的失望失落，產生了很大的反彈情緒。

倩娘不只是情緒亢奮，她付出了實際的行動。長在名門的她，不能接受父親的安排，竟獨自在暗夜中追上船去。「徒行跣足」，多麼勇敢的女孩！她既然連鞋都沒穿，所有的漂亮衣服、首飾、僕人，更不可能帶走，在暗夜中，不怕迷路，不怕遇到強徒。一個女孩愛上男孩的時候，實在好決斷。王宙受到倩娘這樣的舉動鼓舞，膽子也大了起來，「遂匿倩娘於船，連夜遁去」，把倩娘安頓在遠在四川的家中，兩人一起生活。

原文

夜方半，宙不寐，忽聞岸上有一人行聲甚速，須臾至船。問之，乃倩娘，徒行跣（ㄒㄧㄢˇ）足而至。宙驚喜若狂，執手問其從來，……宙非意所望，欣躍特甚，遂匿倩娘於船，連夜遁去。

五年後，女主角倩娘思念父親，在王宙的陪同下回到家中，魂魄與閨中生病的肉體合而為一。

檢視故事脈絡

這是一個大家耳熟能詳的故事，故事專家許榮哲老師有一套靶心人的故事公式是：目標→阻礙→努力→結果→意外→轉彎→結局，這篇文章也大體吻合這樣的架構模式。

靶心人公式——離魂記

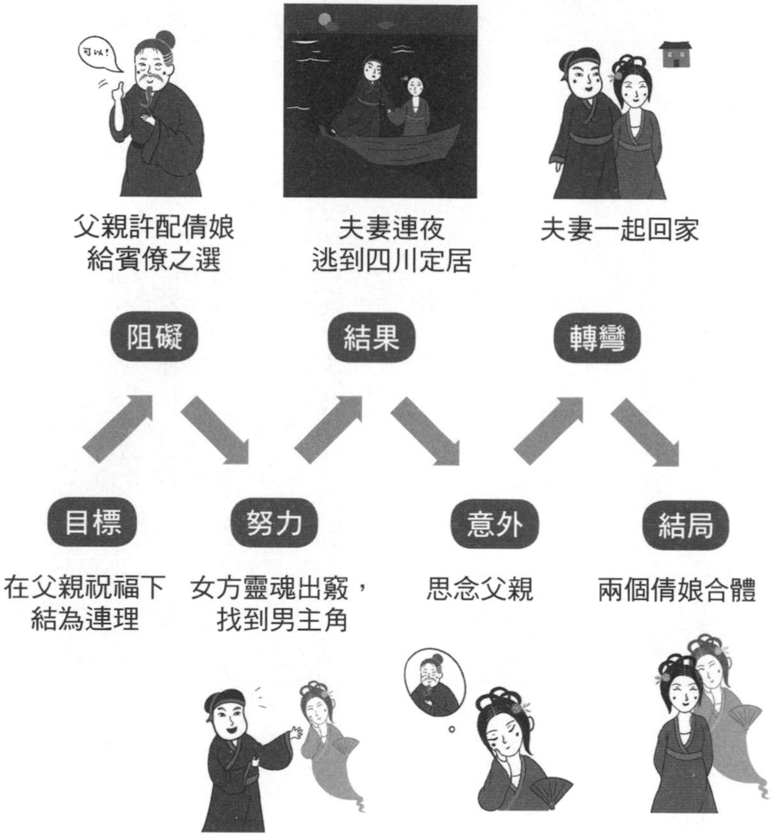

▲《離魂記》的「阻礙」是女方父親，「努力」是私感想於寤寐，「結果」是分開，「意外」是女方魂魄出竅，離家找到男主角，「轉彎」是倩娘想家，「結局」是兩個倩娘合體。

「老師，反正古代的愛情故事都好像。」

「哦？你可以舉出另一個古代的愛情故事嗎？」

「可以……」同學絞著腦汁似地苦笑著，最後，真的絮絮地說了幾個故事——

「秦香蓮。」

「可是秦香蓮是已婚，帶一子一女去找丈夫陳世美。而且陳世美是負心漢耶！」

「唉呀，你說〈梁祝〉嘛，兩個人很相愛，但是父親反對。」另一個同學幫腔起來。

「還有其他『父親反對』的愛情故事嗎？」

「〈羅密歐與茱麗葉〉！這是西方的故事，也算古代的。」

同學們意外地點出一個亙古的話題，那就是：父親在愛情裡可以扮演什麼樣的角色？古代的父（母）親角色，實在創意不足，劇情老套。從卓文君愛慕司馬相如的才情，但是爸爸卓王孫不同意，最後卓文君為司馬相如私奔的歷史故事，到〈孔雀東南飛〉裡的惡婆婆拆散恩愛夫妻，也算有一對苦命的鴛鴦，和一個不贊成他們的家長；尤其六朝志怪裡的《河間郡男女》的故事，提到父母逼婚，女兒「尋病死」，再復活，儼然是《離魂記》故事的原型——

原文

晉武帝世，河間郡有男女私悅，許相配適；尋而男從軍，積年不歸，女家更欲適之，女不願行，父母逼之，不得已而去，尋病死。其男戍還，問女所在，其家具說之；乃至冢，欲哭之敘哀，而不勝其情，遂發冢，開棺，女即蘇活，因負還家，將養數日，平復如初。

其他像是唐傳奇裡的才子佳人的戀愛故事，例如《鶯鶯傳》，崔鶯鶯的媽媽不讓女兒嫁給救命恩人張生，也衍生一串曲折動人的愛情故事；還有源自晉朝的民間傳說《梁祝》故事，後代不斷流傳，成為經典的戲曲劇目，臺灣電影電視歌仔戲都搬演過，特別為人所知。其他類似劇目不知凡幾，《荊釵記》就是名篇。有趣的是，鄭光祖《倩女離魂》雜劇在《離魂記》的基礎上加以改編，增加了「考取功名」的橋段，讓貧寒書生因為地位改變，得到與女主角門當戶對的條件，終於抱得美人歸，兩個倩娘方合為一體，走回取得功名才可以在一起的老路。

我們試著歸納統計以上這些故事，發現兩個規則，①以女方父母反對的居多，②父、母反對均有，但以父親反對略勝一籌。

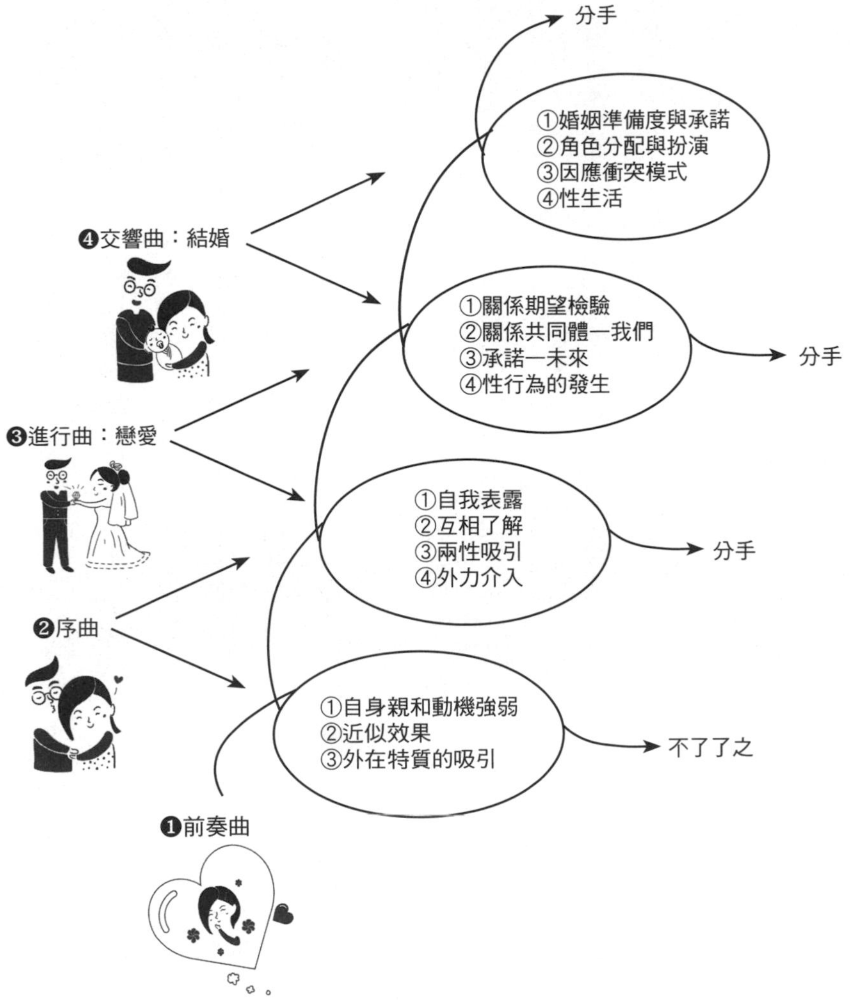

出處：卓紋君，〈從兩性關係發展的模式談兩性親密關係發展的分與合〉（《諮商與輔導》，2000）

如今，長輩反對似乎不是愛情最重要的阻礙，時下的年輕人，分手的原因可能是個性不合、感情變冷、第三者介入……。時代多元，愛情的「阻礙」也變得更加多元。可是，「家長反對」這個元素真的從現代愛情的阻礙裡消失了嗎？

「你們覺得，在倩娘的爸爸心底，他想像中的故事情節是什麼？」

當然是嫁入豪門，作少奶奶，爸爸有面子也有裡子。

「老師，那也有可能是悲劇耶！嫁入豪門，作少奶奶，結果鬧離婚。什麼都沒有。」

很好。

「那，如果你們是倩娘的爸爸的朋友，你們有沒有什麼主意幫他讓故事走到他的版本？」

「老師，爸爸一堅持，女主角就離魂，怎麼可能走到爸爸的版本呢？」

沒錯。

任何故事能讓我們感動的，都是連結到自己，那個連結，有時候是透過一個新的觀看角度。這個老套的故事，寫出了現代女孩的任性。

找線索，重新認識角色

這一天的回家作業，我要他們撰寫一個人物分析，不過不是王宙，也不是倩娘，而是爸爸張鎰。

我先示範如何把王宙的關鍵敘述一一摘錄、再推論詮釋，才請他們依樣畫葫蘆：先把文本中有關張鎰的文字，一一摘取出來；其二，設身處地，理解闡釋——

原文	詮釋
❶性簡靜，寡知友	他保守，拘謹，內向
❷莫知其狀（沒有發現女兒喜歡王宙）	他實在不了解女兒的想法
❸賓寮之選求之，許焉	幫女兒找一個條件比較好的人嫁
❹止之。厚遣之（阻止王宙辭職離開，最後包給他一個大紅包）	端正，厚道，喜歡優秀的年輕人
❺（女病在閨中數年）	愛女兒，面對女兒的病束手無策
❻鎰大驚，促使人驗之	對於女兒回家，非常驚訝，但行事理性，謹慎

所謂離魂：用離家出走當籌碼

看完這篇文章，同學們是否能夠想想自己，也想想自己的父親？

你也有一個安靜的爸爸嗎？

上次，你因為什麼事跟他大吵一架，後來就變得比較少跟他講話。有一段很長的時間，爸爸只能看到一個軀殼，他覺得你的心需要醫治，但是也束手無策。好一段時間，你沒有跟他好好說一句話，也不覺得有什麼缺乏。你有朋友，你懂得怎麼愛一個人，並且被深愛著。

必須要等到很久的相隔兩地，才發覺父親其實在我們的心裡一直很重要。然後你哭了。我們突然發現自己很愛他，很想跟他見面，說說話。

當他看到我們這麼熱情對待他的時候，他一開始很驚訝，他已經習慣那個很冷淡的女兒。那個女兒長久以來只會對他勉強地笑笑，但是沒有更多的心事可以告訴他。

當年，那個女兒想要自己決定一些事情，爸爸沒有依她，長輩甚至講過男生功課要夠好，才能跟他在一起這種話，她的情緒很高張，然後，她決定私底下還是按照她自己想要的方式做。其實爸爸只是很理性地幫你決定了一件很重要的事，你氣了好久。

就像這篇文章一樣，我們原本以為爸爸是主角，有一段時間，他得到的只是身分上的尊重，推動故事發展的關鍵其實是年輕的你。在那麼多年以後，他愛女兒的方式幾乎沒有改變，而你們的互動變得比較溫暖熱烈，是因為你學會用另外一個角度看他、想念他。

究竟爸爸堅持的是喜劇收場，還是悲劇收場，其實誰也說不準。女兒的版本亦然。在這一場周旋裡，如果孩子用離家出走當籌碼，爸爸（媽媽）就拿她沒辦法。間隔了一段時間，找到適當距離的時候，小孩才會明白這不是一場輸贏的遊戲，期待以擁抱作結局。

原文

凡五年，生兩子。與鎰絕信，其妻常思父母，涕泣言曰：「吾曩日不能相負，棄大義而來奔君。向今五年，恩慈間阻。覆載之下，胡顏獨存也？」宙哀之曰：「將歸，無苦。」……鎰大驚曰：「倩娘疾在閨中數年，何其詭說也？」

找矛盾（父親可以修正之處）

我看到台下有同學的眼眶紅紅的。

這個性簡靜的男人，搞不定一個漂亮的女兒。明明有一個「常器重」的晚輩，可是一旦有「賓僚之選」出現時，就選一個自己覺得比較好的，連女兒喜歡誰都看不出來也就罷了，竟然問也不問。

我無法知道王宙當了父親之後，是否會變成另一個張鎰：愛女兒，可是比較沒有方法，就像張鎰「寡知友」的性情，他們當了父親之後，容易變成年輕子女眼中不了解他們不能溝通的頑固長輩。

也許父親的形象永遠都存在著一種粗糙又陽剛的味道，我們是多麼感謝這一塊讓我們充滿安全感的肩膀，感謝他總是不太懂我們，所以在我們任性的年紀裡，對我們可以那麼無能為力。

給同學的話

在用語結構和文本脈絡上，古文比白話文刻板很多——
你喜歡文言文的理由是：比較容易掌握，用功就會有分；
你討厭文言文的理由是很無趣、很八股、生字多、懶得背，
這是一體的兩面。
用「好不好拿分」來衡量古文的價值，這是升學的功利觀點
古代的作品沒有打動你的內心世界，這是本質問題
你說：連現代人都弄不懂，我們怎麼弄懂古人？
Taco 老師說：
古代人就，也，是，人
所以黑特研究的第一個重點任務是——
學會拆解古人的系統，全局思考

貳・理科腦這樣說

第六章

老師，齊王有這麼容易上鉤嗎？

〈馮諼客孟嘗君〉

「老師，為什麼孟嘗君要申請把宗廟立分店在他的封地，齊王就答應了呢？」

「這個時候，在薛地立宗廟，可能對齊王也有利。」

「怎麼說？」

「我只是從他們的互動模式，大膽地逆推。兩邊都是有野心有想法的政客，他會答應，可見這麼做就算沒有好處，至少也沒有壞處，做個人情。」

❋

〈戰國策．齊策〉這一篇〈馮諼客孟嘗君〉，要思考的點實在不少，說穿了，卻只有一點。馮諼很有才，但是為孟嘗君出謀畫策，完全是自己應徵，他沒有三顧茅廬的好運，他只能自己想辦法、找機會，大膽賭一把。

原文

齊人有馮諼者，貧乏不能自存，使人屬孟嘗君，願寄食門下。孟嘗君曰：「客何好？」曰：「客無好也。」曰：「客何能？」曰：「客無能也。」孟嘗君笑而受之。

就像 Jack 賭一把上了鐵達尼號，馮諼豪賭賭對了進了孟嘗君門下等待時機。

孟嘗君對這麼一個什麼都不會，窮到來投靠的人，沒有期待，態度上卻毫不馬虎親自口試，「笑而受之」。尤其是這一段話，更是誠意到家了：

「文倦于事，憒于憂，而性懧愚，沉于國家之事，開罪于先生。先生不羞，乃有意欲為收責于薛乎？」

這一段話，是孟嘗君徵求一個幫他收債的人，馮諼說：「我可以。」孟嘗君一時想不起來這個自願要去幫他收債的馮諼是誰，問了旁邊的人才知道，於是向對方道歉的話。他完全不知道他遇到的是將來會讓他覺得如魚得水的諸葛亮，語言卻是極親暱的語言——

都是我不好，馮諼。

我太忙，常覺得很悶。

而且個性比較懦弱，也不算是個很靈光的人。

這陣子，讓你在我門下，受到這樣的冷落。

你真的不生我的氣嗎？

你還想幫我嗎？

唉，你真的沒有聽錯，這種話孟嘗君對一個不熟的人就是說得出口。沒有真心，卻散發著滿滿的愛意。

這是政治語言。

政治語言句句都是為你好，為了不熟的你的安全，為了不熟的你的財富，給你福利，給你承諾。

他心裡的算盤，絕對不會露出來。

每個政治人都是兩面人。我們看不到真正的他。

馮諼：我要吃要住。
孟嘗君：沒關係，白吃白喝沒關係。
馮諼：我要吃魚。
孟嘗君：好，好，魚。
馮諼：我要車。
孟嘗君：好，車子。
馮諼：我要錢。
孟嘗君：好，多少錢，這樣夠嗎？

不少解釋都勉強形容孟嘗君這是「寬容」，一個因為五月五日出生，被身為齊宣王宰相的爸爸靖郭君討厭，敢跟爸爸嗆聲，說：

我五月五號出生不吉利？
如果高過門楣，就會不利於父親，那為什麼不把門楣加高？

這樣的人，傻傻送錢一定是有目的的。

陶淵明討厭為了前途「折腰」——放在這篇文章來看。孟嘗君是如此懂得「折腰」。政治語言，是沒有情緒，沒有偏好，不管喜不喜歡，不管對方多卑微，是賣雞賣肉賣衣服，是無業遊民都可以，把他當大人物，照顧他、「拜託他」、「懇求他（投一票）」。最近看到一篇轉載，達賴喇嘛說：「領導者應該正念、無私和同情。」在《戰國策》裡，我們看到的是政治的盤算、盤算和盤算。「正念、無私和同情」只是表面訊息。

齊湣王的政治表達也是六級分——

「寡人不祥，被于宗廟之祟，沉于諂諛之臣，開罪于君。寡人不足為也；願君顧先王之宗廟，姑反國統萬人乎！」

我這個皇帝真的太糟了
祖先已經震怒
旁邊也都是小人
我實在沒有資格接受您的輔佐

看在祖先的份上
您回齊國好嗎？

這段話夠不夠溫柔？比辭退孟嘗君那一句「寡人不敢以先王之臣為臣」還婉轉。田文的父親田嬰，是齊湣王爸爸齊宣王的異母弟，現在要拜託孟嘗君回到齊國權力核心，齊湣王搬出祖先當兩個之間情感的跳板，就說「我們是齊國人」、「我們還是同一個祖父的孩子呀！」為什麼當初他要辭退孟嘗君的時候，他沒有看在阿公的份上，給他一點活路，多照顧孟嘗君一點呢？

馮諼窮，要脫貧，不得不看人臉色。

孟嘗君有錢，但是馮諼告訴他：你更要靠大家撐著你。

孟嘗君的政治雷達圖，在「百姓民意」、「養士」、「貴族圈」、「國際視聽」四方面，只有「養士」這一塊，用盡心血，做到極致，其他根本沒有在經營。

人脈經營不只是求多，「多」是孟嘗君原來的想法。

如果經營的人脈的面向很「多元」，這才是安全的法則。最後，受你照顧的人越來越多。成為你的籌碼，你一張又一張的王牌。

「哦！所以，老師才說：馮諼做的，不是真的『市義』。」

嗯嗯啊。把債券燒棄，以債賜民的手段，買的是：「人心」，馮諼說買的是『義』，也是高竿而典型的政治語言。

以孟子的角度來說，馮諼之流的縱橫家，做的是「妾婦之道」。（〈孟子滕文公下〉：景春曰：「公孫衍、張儀，豈不誠大丈夫哉？」孟子：曰「以順為正者，妾婦之道也。」）這些人擔任主人的超級幕僚，五級分，六級分，一百分，但是從不教育他的國君，成為更「正念、無私和同情」的人，只擅於幫助他們在政治這一場遊戲中得到更多籌碼和王牌。

「老師，所以我們不應該學馮諼（和孟嘗君），對不對？」

「這很難回答。」

我不愛你們虛偽，又怕你們太嫩。

在職場上，不是不能「正念、無私和同情」，可是，如果你們越來越懂得高妙的話術，是心機，也是善意的世故和人情練達。

你們懂得道歉嗎？道歉不能只有三個字，道歉要多說幾句，要帶感情，才能放心對方的情緒被處理好。

你們懂得交不同領域的朋友嗎？交朋友不能只交知心的，要從陌生人身上學東西。

你們懂得事事想到退路嗎？往壞處想，為自己最壞的狀況做好打算，不讓自己受傷。

你們知道梁使「三」反，為什麼不要去一次就好？被拒絕三次才是真的被拒絕。不要被拒絕一次就算了。臉皮太薄。

這些事情的格局不高，不是什麼高尚的逐夢計畫，不是為環境、為弱勢熱血奔走的偉大心願，但是，在社會上，好好保護自己，卻也是必要的處世之道。

第七章

老師，作者沒有推論就下結論！
我也可以說「廉」很重要啊

〈廉恥〉

「老師，〈廉恥〉這一課當中的『所以然者』的『所以』，真的不是『何以、為什麼』的意思嗎？」

「不是，它應該解釋為表達結果結論的『所以』，與白話文常用的『所以』接近。」

「可是，『因為』在哪裡呢？」

❁

顧炎武的〈廉恥〉，原文四百餘字，篇幅並不長，內容為個人的感觸，也算是讀書的筆記，文旨雖明確，但是行文的脈絡並不工整，像是首段先平提「禮、義、廉、恥」四個字，後來慢慢收攏在「恥」字一字上，就是一個極不符慣例的特殊作法。以「廉恥」為題，卻專談「恥」，我不得不提醒同學「知人論世」——不要忘了顧炎武的媽媽是被清軍逼死的——這篇文章，是在痛罵那些屈服就清朝淫威的人「可恥之極」。如果同學們寫一篇文章，以「○X」為題，除非你的整個生命，都側重在「X」上，以致於即便你以「○X」為題，大家還是理解你要談的是「X」，那個「〇」只是來搭配的，若是在讀者對你一無所知的情況下，如此行文可能讓讀者困惑地搜尋文章裡的「廉」（「〇」），而覺得空洞失落。

後面的論述，我們的困惑就更深了——

> 「四者之中，恥尤為要，故夫子之論士曰：「行己有恥。」孟子曰：「人不可以無恥。無恥之恥，無恥矣。」又曰：「恥之於人大矣！為機變之巧者，無所用恥焉。」所以然者，人之不廉，而至於悖禮犯義，其原皆生於無恥也。故士大夫之無恥，是謂國恥。」

作者沒有交代為什麼一個人不「廉」不「禮」不「義」，都是出於無恥；也沒有說明為什麼士大夫之無恥＝國恥，倒是連用了兩個「所以」。雖然後者應該是一個粗淺的道理：影響力越大的人要是失格，就更可能會把團體帶到失格的未來。但是，沒有經過論證，怎麼可以隨意地加上「故」字呢？如果學生看得一頭霧水，也是情理之內。

因此，這位同學應該要問的是：「如果『所以（然者）』帶出的是一段文字的小結，總結前面的話，就像：「（這個圓圓胖胖的東西很香，但是硬度太高），所以（它可能不是食物。）」在它前面總有一些論證過程，但是我們找不到。」

有些同學的國文成績很不錯，他們往往是比較愛提問的人，他們幾乎都懂了，但是更不懂的學生們很少來問問題。學霸們的提問，不見得有文學性、不見得能夠照見深刻的思考，但是他們精準、全面。他之所以對「所以然者」有疑惑，可能是因為他們在其他的文言文閱讀經驗中，建立了對這個詞彙的基本印象，例如著名的「晏子使楚」故事，「橘化為枳」中的文句——

「晏子避席對曰：『（橘逾淮而化枳）……所以然者何？水土異也。今民生長於齊不盜，入楚則盜，得無楚之水土使民善盜耶？』」

（【譯】晏子離開座位回答道：『橘樹生長在淮河以北的地方就會變成枳樹。這是什麼原因呢？（是因為）水土地方不相同啊。老百姓生長在齊國不偷東西，到了楚國就偷東西，莫非楚國的水土使百姓善於偷東西嗎？』）

在這一段文字中，晏子用「所以然者」，帶出「水土異也。」這個解釋。齊國人一到了楚國就變盜賊，「為什麼會如此（的原因是……）」是：水土不同，環境不同。「所以然者」是表示原因常用的連詞。

但是，〈廉恥〉這一段文字，既非先由現象歸納出結論，也非由現象回溯出原因，只是義正詞嚴地陳述作者的觀點——

四者之中，恥尤為要。

士大夫之無恥，是謂國恥。

「你很有批判性閱讀的素養。」我讚美他。

「怎麼說？」

「批判性閱讀的第一步，就是確認細節。」

「我覺得您好像是在說我太固執又很喜歡吹毛求疵。」

「那是很多人對『批判（critical thinking）』的誤解。我至少是在讚美你有打破沙鍋問到底的精神。」

「老師，『人之不廉，而至於悖禮犯義』，真的是『羞恥心』的問題嗎？『恥尤為要（『恥』比『禮』『義』『廉』重要）』嗎？」女同學來插嘴了，她的問題跟我的疑惑相同，其實學霸也困在類似的地方。

「也好，我帶你們做一次批判性閱讀，把這一篇文章當作解剖對象。」

「聽起來很酷。老師，我有興趣。」聽到頑固的學霸讚美素養課程，我打從心裡歡喜，雖然我也知道，那跟我剛剛使的心機有一點關係，學霸也是人，都喜歡被誇讚啊！

「同學們，我們今天來進行一點批判性閱讀的實做。不過，請記得一件事：帶你們檢視課本裡的經典，你們從此學會不盡信課本了，可是我最根本的目的並不在此。」

同學們聽到「批判性閱讀」都正襟危坐起來。也好奇地問，那老師要我們學批判性閱讀要做什麼呢？

「你們很喜歡批判經典，因為你們正在青春期，甚至我覺得我不用帶領，你們就蠻會罵課本了，但是，當有心人刻意要誤導你們的想法的時候，你們反而一點自覺都沒有。你們有沒有學會挑剔經典，可能不會對你的人生有太大的影響，但是有心人刻意地操弄你們的時候，你們很有自覺，那會給你們很大的幫助。」

❋

除了內容比較嚴肅之外，這樣的論述似乎是太草率了。國文課本攤在知性寫作的基本要求下，真的就這樣不堪一擊嗎？

「古之學者必有師。」韓愈沒有論證。

「天命之謂性，率性之謂道，修道之謂教。道也者，不可須臾離也。」《中庸》的義理，那麼大器磅礴，定義式的語言（前提），沒有論證（應該說：這是相關論證的前提）。

身為國文老師的我們，在上課的時候常常補上了論證……

談「為機變之巧者，無所用恥焉」，我們解釋著：所謂的機變之巧，就像詐欺、強姦、侵權、作弊、偽造文書……，那些明明是抄來的作業但是得到一樣分數，明明該家長簽的假卡卻找自己簽了名，明明該一億元可以蓋好的馬路變成五億，偷偷動一個數字，讓不該得利的人得利了，看到漂亮的女孩子想辦法得到她的身體……那些人如果會覺得不好意思，就不會這麼做，會盡量記得找家長簽名，盡量自己完成作業，記得不該自己的錢就不要拿，記得一個女人需要的是呵顧而不是被破壞……

我們舉例、我們申論，並且要求同學闡發、印證書中的觀點。親親切切地論證教學，如今要加上批判和反思。

「那你覺得呢？你覺得不『廉』不『禮』不『義』，是出於無『恥』嗎？」

「我覺得管仲講得比較好，禮義廉恥都很重要。」

那幾個平時頗有想法的孩子，看到這個場面，總是豎起耳朵，或是又來湊和個一兩句。

「你也很有批判性閱讀的素養！」學霸把我給他的溢美之詞送給了同學。

「哦，我不這樣認為。」我不得不打搶。同學不禁一凜。

「老師問你們：『禮』、『義』、『廉』、『恥』是什麼意思？」

同學一時語塞。『恥』是羞愧，『廉』是不取非分的東西，尤其是『禮』與『義』，同學沒有辦法很清楚的表達。

「如果對於『禮』、『義』、『廉』、『恥』似懂非懂，就開始論述誰比較重要，你們認為這樣的批判，會是好的批判嗎？」

批判性閱讀的第一步，就是「確認細節」。同學突然安靜、沉潛了下來。

「老師，那『禮』、『義』、『廉』、『恥』是什麼意思？」那種不服氣的臉我也很喜歡，我思考過，也學習過，當然也教過，常常都在等著學生發問。

禮就是規矩，早上幾點到校，穿什麼衣服，各種典禮如何進行，看到老師道早。

義是正當，雖然團體都會有禮儀規範，但是正當的行為不是那些規定，義是盡責、公平、無私、犧牲……這些正確的做為。

廉是清廉，不用公家的車子走私人行程（「不用公家的電充自己的手機。」同學插話，惹來一陣敲打聲討。）、不領薪俸卻敷衍了事、不當肥貓，領得比別人多，一旦出事，卻扛不起責任。

恥是羞恥心。禮數，總有不到位的時候；正義，總難做到百分之百；清廉，總有似是而非錯綜複雜的貪婪；而羞恥心，就是一個煞車系統。

你有自覺，能自省，想一想，我可以更周到，我「做錯」了什麼，我應該說不，我應該到此為止。你沒禮貌，你行為不佳，被教官糾正、挨老師罵，然後你哭了，難過了，心想我做錯了。那就是「恥無恥（以做了可恥的事為恥）」，你這個人就不會太離譜，不會太失禮、不義、貪污。

「切實弄懂禮義廉恥是什麼，才能去討論誰比較重要。」

「原來這樣就叫批判性閱讀。」

「哈哈，這是批判性閱讀的準備工作。」

「那批判性閱讀的高潮是什麼？」

跟高中生上課真的很有趣。他們的節奏也太快了。

「確認小矛盾：因果邏輯上的瑕疵、前後矛盾的說法、避重就輕的話術。」

「還有呢？」

這些小孩真的很有趣，我不確定他們是否懂了，但是他們沒有迴避我的眼神，沒有一些挫敗的痛苦，他們好奇、安靜，不想認輸。

「還有五個小技巧：①類推邏輯（應用在其他場域，以達到重新檢視，或相互印證的效果），②長期邏輯、③分辨邏輯（思考有沒有例外，或容易混淆的相近概念）、④合併邏輯（擴充命題，把相關的命題拉進來論述）……

最常用的是⑤「反向邏輯」，就是反證作者說的是錯的，例如檢視批判愛國心沒有顧炎武說的那麼重要，但是「反向」後，別忘了要自己解釋、自己下台。也就是：在論證「愛國心當然重要，但是如果變成意識型態就會有點變質，所以愛國二字未必那麼絕對」後，再回頭思考，那顧炎武那麼重視大臣是否無恥（是否具有民族氣節），有什麼意義？影響了什麼？。」

「老師，你沒說什麼是長期邏輯？」

他們很小心地聽我說著這些莫名其妙的語言，找到自己可以發揮的細節出手，不論我是不是故意漏掉的，我們的互動，因為這個漏洞，繼續了下去。

「專家所謂的『長期邏輯』，是指一個事情加上時間的向度來思考。以〈廉恥（論大臣知恥的重要）〉的命題為例，有人在明朝未滅的時候就降清，有人過了很久才降清，有人是在生前自己雖不投降，但是協助自己的學生把清朝的國政走向比較正向的方向，有人至死不降清，也拒絕參與任何形式的國政。你認為哪些會是顧炎武認定的知恥／無恥？哪些又是你可以接受的？以這些去檢視原來的材料，就是『時間思考（長期邏輯）』[1]。」

「了解。」

男孩們說的「了解」是安撫老師的甜蜜謊言，還是簡潔扼要的覆命，總要實際操作看看才見分曉。我走向講臺，說明我們要練習其中三個技巧，而且由於〈廉恥〉我已經拿來做為示例，所以我要求他們以自學教材〈義田記〉來拆解。

高一的屁孩們，連把段考答案卡的回收卡摺成三等分都搞不定，笨笨拙拙地弄了很久，我沒有抱什麼期待。「如果寫不出來很正常，通常高二來做比較適合。」

他們沒有再搭理我，每個人有五分鐘的時間在自己的座位上先想、先思考。五分鐘後，就到自己的組員那邊去，彙整大家想到的，變成一個統合版，交給我。

有人舉手，我就走過去。「老師，什麼是小矛盾，你再講一次。」我小聲的告訴他：「就像〈廉恥〉這一課，前面批判了馮道這個人歷仕五朝八姓十一帝，忠臣不應事二主，可是後面

1本文的批判性思考術語，採用黃炳煌先生《創意思考：問題面面觀》（五南出版社，二〇一四）一書，該書為演講整理，深入淺出，個人認為頗適合作為批判性思考的入門書。

又說顏之推在北朝任官，是「不得已」，用前面的標準衡量後面的故事，前後有些衝突。」

「所以我可以看看錢公輔把范仲淹比成晏子，有沒有什麼相抵觸的地方。」

「是可以這樣檢查，你好有慧根。」

在巡視的過程中，我漸漸聽到義正詞嚴的罵聲，雖然聽不清楚在罵什麼，但是心裡有些痛。范仲淹的故事，一直是我很敬佩的。他未貴顯時，想辦義田，到了貴顯時沒有忘記，買了上好的田，不給自己用，用來救濟族人，並且親訂十三個條約，每月或是嫁娶可以支領多少，嫁第二個女兒之後，補助應該打折。家居俟代的官員也有津貼。他真是個很務實能做事的文人，值得肯定。在這些涉世未深的高中生手上，不知道會變成怎樣。

在巡視的過程中，我漸漸放下心中的石頭，我把我看到比較好的問題，請同學陸續寫到黑板上，鼓舞激勵其他組別——

「文中提到：義田因為制度良善，管理確實，收支頗有餘裕，但是又說范仲淹死前連辦喪事的錢都沒有，他總有些薪水，錢到哪裡去了？」

「文中提到：家居俟代的官員有津貼，可是沒有聽到對於更貧窮的工作，例如農人，沒有收入的殘障人士、老人，有什麼補助，這個規定對於讀書人似乎特別照顧。」

討論時間結束，我請他們回到座位上，回答黑板上的問題。

「錢到哪兒去了？范仲淹怎麼搞到自己跟兒子那麼窮？」

「老師，范仲淹是不是不只辦義田？」

「你認為？」

「他守邊的時候，難道不用犒賞士兵？軍餉如果一時短缺，甚至義田總有歉收之時，誰會出來解決？只有范仲淹。」

范仲淹獎掖後進，捐地興學，這都有史實為證，同學們的思考方向合情入理，也還可以再搜羅史實加以印證。做好事，往往是不做則已，做了就有一堆雜事等他解決，哪裡是訂好規定就可以一走了之？因為細細去檢視，我們沒有否定范仲淹，反而是「懷疑」范仲淹做了更多……

這樣的討論頗有挖掘，而我也必須離開教室了，可是那個很愛打排球，每回遠遠地看到我，就高舉雙手揮動，喊著Taco的班代，沒打算讓我走。我一邊收拾教材，一邊婉拒他：「我們已經晚下課了，你該去上下一節課。」

「老師，拜託你聽我講一下，給我三分鐘就好。」

整個學校又陷入另一番安靜，時而有一兩句琅琅書聲鑽入耳際，不同的老師，還在教育著這個世代。在走廊上，他有一種認真的臉：

「老師，像晏子這樣的官員，父族母族都乘車都衣食無虞，令我想到楊貴妃。」

這下換我震動，不由得凜然一驚了。

「繼續說下去。」

「雖然晏子很偉大，但是對於族人的照顧，這種家族力量的展現，是傳統社會裡的一種特殊文化。不一定很健康。」

教學的路上，有一種感動，是因為他們從來不會忘記超出你的期待，有時候，超出很多，很多，讓我知道，新的一年，還有更多的預期之外，等著我去體驗，去感受。

第八章

老師，我考得還不錯，
但是並不喜歡詩

〈夜雨寄北〉

一進教室就看到同學已經攤開的國文課本有預習的痕跡：爬梳課文、整理重點。在這樣的學校，這樣的學生也不算特例。

「你很有心啊！」

他的表情有點無辜。

「老師，這些東西實在很無聊，不過為了學測，我會好好用功。我想讀醫。」

在幾秒鐘之內，我的心情從感動漸漸滲透了難過。

❁

想讀醫的、想上公立大學的、想上某個採計國文的科系的，都可能為了國文賣命，他們背誦知識、確認閱寫策略，宛轉辛勤。他們上課偶爾會睡覺，大部分都是為學習而熬夜使然。很多動人的經典，一進入考試的機制，對考生而言，都成了工作。

「〈夜雨寄北〉看得懂嗎？」

我指著他註記了不少字的那一頁問他。

「懂，這是晚唐李義山寫給妻子的七絕，內容的時空安排很有特色。」

我的天，這樣的資質和自學的魄力，必然是很多同學羨慕加崇拜的。

李商隱有一段時間長期羈留四川，沒有回家，寫了這一首詩，表達對留在北方的妻子的思念。〈夜雨寄北〉的場景有二：詩人在夜雨不絕的巴山，妻子則在一個有窗的家中（隱藏性的場景）。詩人在下著雨的夜晚，揣想有那麼一天，可以從巴山回到那個有窗的地方，也在這樣漆黑的天幕下，再聊起今天的夜雨巴山。

原文

君問歸期未有期，巴山夜雨漲秋池，
何當共剪西窗燭，卻話巴山夜雨時。

「為什麼詩人期待的重逢，要聊今天下雨的事，不能聊點別的嗎？」我問。

「為什麼詩人不能藉由這首詩告訴妻子今天下雨的事情就好，一定要見面講呢？」我接著問。

「今天下雨，有那麼重要嗎？」我再問。

他說：同樣是巴山，同樣是夜雨，詩人做了一個很好的跳接，今天的雨是實的，但是對妻子來說，是虛的，如果有朝一日相聚，這一切，因為回顧，將重新播送一次，但這都會成為虛的，可是，妻子會是實的。這個轉換很巧妙。

「你不要從寫作技巧上回答我的問題，我想要知道的是：『回頭說今天下雨，究竟有什麼意義呢？』」我繼續說明問題。

他的臉充滿了困惑。這個表情好有趣，很優秀的人被問倒的時候，都會有類似的表情，他很訝異自己沒有想過這個問題，多過一時之間答不出來的窘迫。

「你覺得哪一句最好？為什麼？」我把難度再降低一些，這個問題比較發散，從前面包括這個問題，他不是不會回答，他對「問題」感到驚訝，不是答案。

「老師，我可以回答嗎？」有人來搶詞，也好。

「我喜歡第一句。」四句之中，第一句是「起」，是最淡的一句，我非常好奇這個孩子要說什麼。大家可能都會忽略第一句，可是這一句才是一切的原因。

「如果我的女朋友問我什麼時候可以陪她出去，我會覺得她是愛我的。『君問歸期』讓詩人感到對方的情意，在這一刻，他覺得自己被深深愛著。」

「而且覺得虧欠。」我再補充，同學點點頭。

虧欠是一種很隱微的情緒，有些人不喜歡這種感覺。但是，命運使詩人虧欠了深愛他的人，況且「我」又何嘗不希望回去呢？

「嗯，同學，我們來用『何當』造句。比如：何時可以下課？」

「何當下課！」

「何時可以吃午餐？」

「何當吃飯！」

「何時可以放學？」

「何當放學！」

這種簡單的問答，同學們總是特別容易 high 起來。

「『何當共剪西窗燭』，跟你問『什麼時候可以下課』、『什麼時候可以放假』一樣，其實你心裡面要說的是你現在就可以下課最好。」

「啊，詩人想現在就剪燭西窗！」

難道不是嗎？詩人很想現在就剪燭西窗，因此，巴山的夜雨，就是最理所當然的話題——

一個簡單的想望，就在這個滴滴答答的現在，葉子被雨壓得一顫一顫，人們哪兒也不能去，就在室內閒話著，說說事、整理小物，在這個遠遠的四川，不是未來的某一天。他希望有人現在一起看看雨，可是辦不到，只能期盼、渴望。

相思是愁，這樣的煩惱令人痛苦，但是和社會寫實派的憂心痛苦不一樣，這種愁，又難過又甜蜜，同學們曾經有過那種愁嗎？

「任何事，用文字轉達，都比較含蓄，比較安全，從另一個角度說，也不如面對面說來得清楚，所以老師有些事也可以LINE你們，卻還是常常找你們到走廊說。一份想念，用寫的是一回事，看著人家的眼睛說，又是一回事，牽著你的手說是一回事，抱著你的時候說，又是一回事。」

愛情的力學與物理熱力不謀而合，每靠近一寸，溫度上升幾度。每拉長一寸，就費力氣一寸，一寸相思一寸灰，不能當面說，距離的存在，讓人感到沮喪枯槁。

「老師，我覺得我懂詩人為什麼要說『剪燭』西窗了？」

「『剪燭』強調夜話之長，一刻不夠，兩刻不夠，地老天荒，聊到半夜，只覺得一會兒而已。」

他點點頭。

詩人是情感的天才，多讀詩，會更懂情，不只是文字之間的安排而已。

下課的鐘一敲，我也正好說完了。搶答的孩子一個箭步來到講桌前。「老師，這些話，讓我覺得這首詩完全是我的心境。我有一種打通任督二脈的感覺。」更多人這個時候靠近我：「我覺得我以前都沒有看懂這些作品。」「老師我的基礎打得不好。」「我從來不知道怎麼唸國文，我不知道國文是什麼。」

把詩和他們關連起來，讓他們激動萬分。

「其實國文，說穿了可能一句話——『你見著什麼？』你們有沒有想過：『前不見古人，後不見來者』，有什麼好哭的？」

「因為懷才不遇嗎？」

其實也未必不對，只是線索不足，為什麼是懷才不遇呢？

「還有，『昔人已乘黃鶴去，此地空餘黃鶴樓。』又有什麼好寫的，那不是一句廢話嗎？」我再問。

同學們那種困惑的表情又來了，瞬間，他們笑了，笑得很大聲。「唉，老師，我們真的都不知道自己在唸什麼。」

對傳說有想像，才覺得失落；內心有古人，才會覺得見不到古人是很憂傷的。《一代宗師》

說：「見自身，見眾生，見天地」，往上一個格局，才會產生那種格局的悲涼感。

學會詩人怎麼渴望，學會知識分子怎麼憂傷，這些，是不論什麼題型的段考都考不到的，可是，沒有這些，國文課就失去靈魂，成為一場好手們的激烈競賽罷了。

第九章

老師，諸葛亮這樣帶豬隊友聰明嗎？

〈出師表〉

「老師，〈出師表〉太長了。諸葛亮應該講重點，不然劉禪會聽不懂。」
「哎呀，你不懂。」有人替我答腔。
「交代豬隊友，最好每件事都講清楚，漏了一樣，就會爆在那裡。」

❁

三國本身就是很精彩的素材，但是課堂要高潮不斷，還有一些小心機。還沒上課之前，我隨口問：

「諸葛亮排行第幾？」
「諸葛亮是誰推薦給劉備的？」
這種問題，有的班級幾乎是搶著回答，我追問：「隆中對的主要內容是什麼？」回答的人少了些，但還是有人答得上話。三國題材歷久不衰，魅力無限。幾個問答讓我知道古靈精怪的孩子正在台下，要端上牛肉恐怕有點挑戰性，最後，我直接「請」youtuber 們和教授名嘴講兩堂課幫我暖身，一支影片十分鐘左右，一支一支地看，講壇、電視劇、youtuber、影像、說史、搞笑說書，從諸葛亮的出身背景、三顧茅廬的實況（戲劇）、接到三國局勢的分析、諸葛亮的策略，事後的檢討……穿插進行，光是youtuber就可以換三個人輪番上陣，在課堂之外，這麼多人關心三國，好的素材俯拾即是。這樣的開場，不能說不刺激。

什麼是八陣圖、什麼是木牛流馬、諸葛連弩（十連發）？他怎麼平定南中、行政能力好在哪裡？字正腔圓的教授犀利地分析，youtuber亦莊亦諧地問著。諸葛亮最後還是失敗了，他失敗的原因是什麼？

好的問題帶來更多的問題。我們的課堂就在這樣堅實的基礎上搭建。輔國有方，忠貞負責，「夙興夜寐，罰二十以上，皆親攬焉；所啖食不至三升。」直到建興十二年九月，鞠躬盡瘁，病死於五丈原的諸葛亮，他失敗的原因是什麼？如果是因為劉禪扶不起，當初為什麼他要扶？如果是因為蜀漢國力太弱，為什麼諸葛亮選擇了劉備？

為你，千千萬萬遍

這些問題是思辨的良好素材，都不會有標準答案，但不宜輕率回應。設身處地，換位思考，才是真正的思辨，否則是武斷。

〈出師表〉寫在建興五年，建興是劉禪的第一個年號，換言之，當時劉備已經死了五年，這五年之中，諸葛亮受封武鄉侯、領益州牧，主掌軍政大權，在政治、經濟各方面，不斷地累積實力，又平定南中，並且讓對方心服口服，安定了後方大患後，適逢曹丕過世，消息一傳來，諸葛亮決定利用這個時機，領兵北伐。

「聽起來安排得不錯，為什麼最後會寫到『涕泣』？」如果同學真的理解諸葛亮為什麼寫〈出師表〉會寫到「涕泣」，可能有些問題，也會跟著解開。

杜甫的名句說：「長使英雄淚滿襟」，諸葛先生北伐未果即辭世，難過也是合理，史書上實際記載，白帝託孤時，他哭著說劉備你放心吧，我會好好輔佐他，〈出師表〉裡，英雄再自陳自己寫到最後不知所云，想著想著一陣情緒複雜，也掉了淚，諸葛先生哭了好幾次。

「老師，這個我很懂。跟豬隊友在一起做事，常常會被他氣到不行。」

從那一堂課起，〈出師表〉就成了同學口中「給豬隊友的一封信」了。

「你也被氣過嗎？」

「有。」同學都笑著。但是我突然有一個靈感——

「諸葛先生，您當初是怎麼願意跟那個豬隊友在同一組的呢？」

「我……覺得我可以 hold 得住。」

我喜歡這個答案，很自信。這一時半刻的角色扮演，我也有收穫。

「你為他做了什麼事？」

「基本上所有的事情都是我們在做的，他只要不要給我們找麻煩就好。」

啊，出師表的最後一段，孔明歸納說：討賊興復之效，自己會盡力；進盡忠言之責，讓郭攸之、費禕、董允負責，劉禪，負責「察納雅言」聽大家講話。這是國君的責任，看似合情入理，但有一種隊友，他的主要工作就是讓別人來，不要給大家找麻煩，難道不是嗎？

「你跟他說話的時候，是鉅細靡遺，還是言簡意賅？」

「萬一你沒有把細節說清楚，他應變不來；萬一你說太多，他記不起來。豬隊友就是很煩。」

「所以？」

「如果他是那種明明不懂又很怕沒有參與感的人，容易冒出事端，我可能不要讓他知道太多，可是他其實人還不錯，只是真的什麼事都搞不清楚，忘東忘西，如果他不做事，同學也會有意見，所以我只好一直 LINE 他提醒他。」

有意思。如果他什麼事的不做，也是不行的。基本上劉禪在諸葛亮在世之時，十分尊重諸葛亮，諸葛亮死後，蜀漢還撐了三十年。諸葛亮為什麼北伐之前反覆叮囑看家的劉禪，因為他放心不下，也因為他知道講了還算有用。為什麼頻頻叮囑，答案就在這裡。

「你用一個形容詞總結一下你與豬隊友相處的經驗？」

「累。」他說。

我們常常明明覺得好累，還是把事情扛了下來，如果理性去抉擇進退，答案不見得更無悔。諸葛亮是個人才，劉備不想錯過他、一生看重他、死前拜託他好人做到底，話裡又含著為他屈居人臣感到委屈的意味，歷史上多少人感歎明主難遇，諸葛亮遇到的，難道不是明主嗎？諸葛亮甘心選了劉備，而且，就這樣，為那個人的理想，千千萬萬遍。那種五味雜陳，怕想說也是說不盡的。

更何況，劉禪不是什麼普通豬隊友，他是平凡庸弱的「幼主」。對於兩世的忠愛之情，怎不令他在艱困的北伐之舉前，內心澎湃不定。

領導人的語言特質

真正的領導人氣質，不是不給團隊找麻煩而已，廣開言路、執法公平、親賢遠佞，是領導統御的重要品德，這是表面可以檢索到的要點，而在〈出師表〉中至少還可以找到三個潛在的領導人語言特質。我參考凱文・莫瑞的《領導者的說話之道》，用書中的幾個關鍵能力來檢視，發現這些都是在任何規模的團隊，包括自我管理時，都可以應用的技巧。

一、懷抱強烈觀點的人較能影響群眾

〈出師表〉儼然是一篇長輩臨出門的叮嚀交代，每一項都切中劉禪的弱點，言之有物。同樣的話，也許也可以寫給別的皇帝參考，但是劉禪明白那些話都是具體的提醒：「引喻失義」是因為他某天說錯話，諸葛亮提（教）醒（訓）他「絕對不能再說錯話了」、「親賢遠佞」是叫他不要再跟誰當朋友，誰是賢？諸葛亮一個一個點明。當同學們交了女朋友，父母親第一個關心的是：她是一個良家婦女（善良的女孩）嗎？我們若把諸葛亮看成劉禪的長輩，我們可以掌握他的心情；若是把諸葛亮的語言用在團隊中，「擁抱強烈觀點」、能夠具體地指出問題與實踐方向的人，也往往會是有影響力的那個人，也是會把團隊帶到正向的道路的人。

二、在企業中加入情感的必要性

很多人關注到這篇文章中，諸葛亮身為人臣，措辭比一般上書強烈（連用六個「宜」、「不宜」），但，有趣的地方還有這一處：文章一開頭，指出局勢危急之前，他說的是：「先帝創業未半，而中道崩殂。」這是一個帶有感情的開頭。在文章的後半，諸葛亮也情不自禁。在這個特別的時候，向劉禪談談往事，「剖情表態」也是領導語言的一部份，要凝聚意志，不能只是論述。適可而止真情流露的諸葛叔叔，更教人愛戴、尊敬。

三、人們熱愛能激勵人心的使命

末段的「今南方已定，兵甲已足，當獎率三軍，北定中原，庶竭駑鈍，攘除奸兇，興復漢室，還於舊都。」過去我認為這一課好像是臺灣軍政教育的一部份，如今我用語言特質重新審視，看到諸葛亮的語言裡總是給人一種希望，這對欠缺自信，實力虛弱的小國，特別重要。使命有些遙遠，但是願景的語言可以激勵人心。

「上等人談智慧、中等人談事情、下等人談是非。」同樣一個局勢，不同的人可以寫出完全不同的語言。

檢視這塊土地

「你們覺得臺灣的國力如何？在這篇文章中，蜀漢處在天下三分、益州疲弊的時刻，臺灣現在的處境又是如何？臺灣需要怎樣的人才？他們被善待了嗎？」

有一個班，從試水溫的那兩題就答不上來，看影片時也在我衡量之後，快轉掉一些細節，免得他們看得霧煞煞，不過，這句話，讓他們全部炯炯有神地看著我。我向他們分享了天下雜誌的《逆風臺灣》這本書，台灣的逆風前行之路，我們一起走過。書裡這麼說。由於他們班正好有好幾個同學參與了《逆風臺灣》心得寫作，我也把他們寫的內容，稍微分享。

「臺灣土地小、資源少，臺灣的能量一直不小，只是……」

書中縷縷記述了臺灣人瘋大家樂、股市狂洗、解嚴開放、晶圓代工，種種的盲流和奮鬥——

「看了《逆風台灣》這本書，我深刻感覺到：台灣，是地狹人稠的小島，因為擁有的資源不多，我們更應該把握有限的優勢，並且認真思考如何突破劣勢，迎接下一個歷史階段的考驗。而我認為這一切的關鍵，是臺灣能不能有效的『整合』。

台灣的人才及創新能力一直以來皆有亮眼的表現，半導體的技術上更在全球占有重要的地位，在民主政治的發展，更是展現了台灣的生命力，但是對岸的崛起，以及近年來一些外交上的挫折，也使我們對未來的走向埋下許多的未知數。」

郁婷的文句，和〈出師表〉一樣，句句都從臺灣的現實中發聲。

「改變使我們進步，但是改變的過程不可能一路順遂，有時是疾步、有時是緩步，甚至是退步，我們絕不能功虧一簣，而是要永遠保有開拓的精神；我們絕不能在關鍵時刻退縮，而是要勇敢走出一條屬於自己的路。台灣的能力很強，但是不夠堅強；聲音很多，但是不夠集中，我們總是活在過去的陰影下，而無法感受社會美好的一面。」

郁婷的讀後感想很優美，但是和〈出師表〉、〈臺灣通史序〉一樣，充滿奮鬥昂揚的精神，又不打高空，很務實。「老師，我想了很久，這真的是我自己寫的。」說得真好，句句擊中我們的內心。[1]

給未來總統的一封信

諸葛亮寫信給後主，我請同學們也寫一封信給未來的總統。換言之，我請同學做上「表」

的書寫。沒有什麼技巧的指引，主要是請他們想一想我們的處境。

「請大家寫信給未來的總統，而非寫給現在的總統，這主要是避免一些政治口水。」這樣的呼籲我還是怕不夠，我請同在黑板上整理一下最近的政治新聞，吻合〈出師表〉務實精神的放上面，過於空洞的放下面。

我在檢討這一些分享時，帶同學討論黑板上大家對某候選人的強烈批判。「老師必須客觀地說，他之所以得到廣大支持，與『加入情感』有關，但成也情感，敗也情感。同學不妨再回憶一下〈出師表〉裡的情感，思考一下當年諸葛孔明怎麼拿捏。」然後，同學就開始下筆，由蜀漢到臺灣，他們這樣振筆疾書起來。

「未來的總統您好：

我建議您不要太過在意鄉民的眼光，做大事的人肯定會備受質疑與磨難，但是，不勇敢地面對、克服這些劫數，必定不會有大成就，古代群雄豪傑哪個不是歷經磨難才能成就一

1 洪郁婷同學獲得天下雜誌天下盃《逆風臺灣》徵文比賽高中觀點組優選。

番大事業。臺灣現在依然在國際的壓迫下苟且偷生，但是，再過幾年的惡性循環，我們還能有本錢可以跟別人拚嗎？」

SH寫的看起來十分老練，也很有道理。

「未來的總統您好：

台灣一流人才不斷外流的原因，是薪資過於低廉，而造成薪資低廉的原因，是台灣長期以來產業轉型不成功，只能壓低成本和國外廠商競爭。現在的大學太多，文憑貶值，起薪也降低，優渥的薪資才能吸引人才，培養創新的科技，總統先生／女士，人才一時外流不是壞事，但如何讓人才回流，是一個很重要的議題……」

W關注到人才的問題，也是臺灣人的切身之痛。

「親愛的未來總統，您好：

我相信你和臺灣的人民一樣，都知曉現今的臺灣社會存在各種大大小小的問題，失業、

低薪、高齡化、少子化、稅收、能源使用、兩岸關係……等等，這些問題像是擺脫不掉的夢魘時時困擾著我們，您身為總統，實在應該想辦法解決這些問題……臺灣花了太多時間在選舉，太多更需要注意和討論的議題反而都模糊掉了……」

看到這一份作業的前三行，我真的泫然欲泣了。臺灣的低薪、高齡化、少子化、稅收、能源使用、兩岸關係都非常棘手，「你身為總統，實在應該想想辦法」，但是，台灣下而上的力量也很重要。

誠如郁婷回顧臺灣歷史所作的結語：「無論是族群、立場或民意的力量，各說各話是雜亂及不確定的過程，每一次團結，才能使台灣更強大、更有自信。」

評論家說：當年蜀漢北伐，條件實在不足，諸葛亮執意北伐，是評估避免蜀漢在歷史局勢中泡沫化所做的決定。臺灣立足世界，究竟有多少能量？給臺灣未來的領導人的話，又有多少是有營養的？誰能夠奉獻與承擔，帶領大家去執行？

身為一個國文老師，我們能做的，只有去思考：種種的思辨教育，不是讓同學各說各話，而是教會同學務實思考、有效決策、整合意見，讓臺灣的問題，可以在更多人捐棄成見之中，踏出穩健的下一步。

第十章

老師，他可以換個方式勸他

〈漁父〉

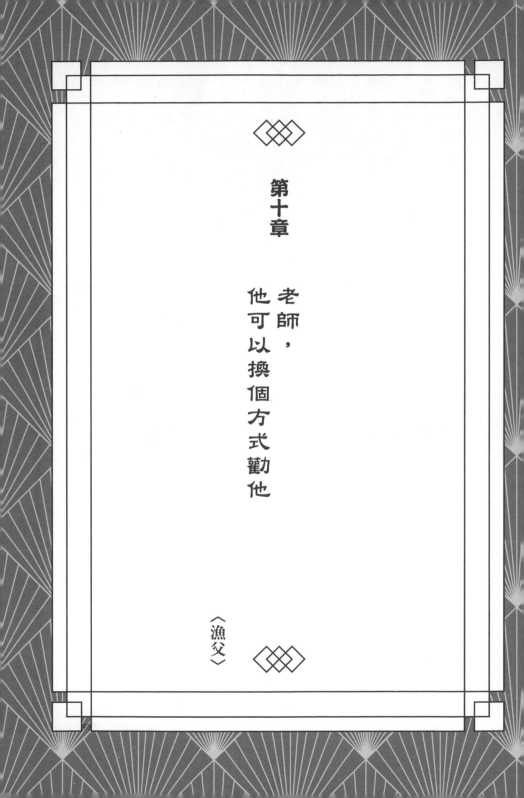

「老師，如果我跟一個人說我要自殺，他還笑，我會很生氣。」

Part I

〈漁父〉是高中國文課本裡的名篇，描寫了屈原在江畔憂傷地踱行，一邊吟詩，一邊歎息，遇到划船經過的漁父，展開了一場價值觀的對話。

這一篇章裡的漁父被描繪得很生動，很有格調。他看到屈原為國為民、憂愁潦倒，開口奉勸屈原：與其「眾人皆醉我獨醒」，不如隨俗浮沉，看開一點。屈原遇到的爛同事有多爛、爛長官有多無能，漁父多少都明白，眼看公司要倒閉，強大對手惡意併購幾乎已成定局，漁父勸他：算了吧！就隨它去吧！讓它倒吧！我們又能如何？

屈原並沒有接受這樣的建議，他不懂為什麼我們要放任不把公司的事當一回事的人為所欲為呢？其實漁父更不懂，請問你要不做好自己的事情，像他一樣與大家保持距離，或是看開一點，跟大家一起配合一下，也是一種超然，難道搞到自己去死會比較好嗎？

當屈原說他寧願死了也不會妥協，漁父笑了。這一笑，真是讓人想到電視電影明星陳道明那種笑，滄涼，但是通透。〈漁父〉的篇名既然是「漁父」，曾經有一段時間，我懷疑屈原在這篇文章根本是個陪襯，漁父才是瀟灑的先知。

「你覺得屈原找錯人傾訴了？」

「難道不是嗎？」

「你們覺得漁父不同情他嗎？」

「同情，但是他沒有打算一定要成功阻止他自殺。阻止不了就算了。」

「嗯……你說得也對，但老師也覺得，會不會他覺得：面對眼前的這個人，他絕對沒有辦法阻止他自殺。」

「老師，你不是說要說服與自己立場不同的人，要『動之以情』、『說之以理』，再『威之以勢』嗎？」

天吶，我被電了。我被自己曾說過的話反電了！

道家人物，強調「太上忘情」，情緒平和，清虛自在，這種境界，並非「不及情」。他們的關心點到為止，是不想強迫對方一定要配合自己，非要接受自己的意見不可。但是，該「動之以情」的時候呢？

屈原向漁父喃喃提到自殺，連自殺方式都已經點出來（「寧赴湘流，葬於江魚之腹中！安能以身之察察，受物之汶汶者乎？」），有人說：這是他對一個洞察世情的高人拋出求救的訊號，只是，漁父沒有接住屈原。我眼前這些三類組的孩子，有人最大的夢想就是要當心理醫師，他看屈原的時候，莫非看到的是一個個案？面對一個想不開的人，漁父的應對策略和他想的完全不一樣。

順著學生的邏輯，我重新玩味漁父說話的方式——

漁父見到屈原的第一句是問句，「子非三閭大夫與？何故至於斯？」意思是：「您不是有名的三閭大夫嗎？怎麼落魄至此？」

這就好像你一看到補考名單上竟然有你，難過到想哭，朋友沒有安慰和鼓勵你，卻跟你說：「你這麼聰明，怎麼把自己搞成這個樣子？」

或是你好不容易約到了一個你很欣賞的女孩，朋友不理解你的眼光，說：「你的條件這麼好，怎麼選一個這樣的人？」

「子非三閭大夫與？何故至於斯？」這話誠懇但直白，不是一個同理、接納的語言。

屈原後來也用了一個問句回答：「安能以身之察察，受物之汶汶者乎？」這是激問。他的情緒越來越高，換言之，屈原的內心在咆哮，可是漁父沒有一點難過的樣子。遇到漁父，不是屈原之幸。

啊，為什麼我以前都沒有注意到漁父的冷漠呢？我自以為超齡，洞察人情，如今卻被溫暖的孩子啟發了。屈原在遇到漁父的那一天，內心的孤獨感鐵定爆表。

當我們感到痛苦，所謂尋找傾訴的對象，有時候是看交情，有時候是看機緣。

漁父是一個智者，但不是一個貴人。

他是一個懂屈原的人，但不是一個貼心的知己。

「如果你是那個漁父，你會跟他說什麼呢？」

「我不會說什麼，我想靜靜地聽他說，清風微微，江水悠悠，我陪他屈坐澤畔，聽他說完一部《離騷》，也許他會痛哭一場，我會抱抱他，告訴他：『真的難為你了，屈大夫。』」

說得我雞皮疙瘩都起來了。

想要考中醫系的N早就過來湊熱鬧，這時也開口了：

「老師，或許他也應該看看中醫。吃些陳皮、百合，很適合他……」

他認真的樣子讓我有些忍俊不禁，但我鼓勵N繼續說：「老師，他不是『顏色憔悴，形容枯槁』嗎？有一些開胃健脾的食療，或許還可以開一些安神的藥，都會很不錯。他長期心情不好，一定也吃得不好，睡得不好，惡性循環，人會更鑽牛角尖。可以先調養身體。」

說得真好。（按：〈悲回風〉：「涕泣交而淒淒兮，思不眠以至曙。」描寫屈原整夜哭泣失眠的形象。）

「老師，不過這樣我們就沒有端午節了耶。」

「請放心，我們搶救的是概念上的屈原，他肉體的部份已經確定身亡了。」

「哦，那就好。」

雖然有人還是喜歡在嘴上比賤比酷，但是一點也沒有抹去我心底的震撼與感動，我不是屈原，卻也覺得被療癒了。在剛剛升上高三的此刻，這些對未來充滿著期盼的臉龐，想像自己會是一個認真的醫師，為了每一個病人無私奉獻自己的思慮，徹底展現自己的才華與光芒，我不禁揣想：屈原在當年剛剛出入懷王身側共圖國事之際，也是這麼樣的充滿鬥志吧！深深地祝福這些孩子們未來能遇到好的同事與長官，疼愛他們，讓他們發光發熱。

Part Ⅱ

當我們遇到人生的難題，有些事，醫師無法給我們答案，我們還需要導師，在我們困惑的時候，陪我們一起找答案。

或者，必須自己扮演生命的導師，運用問題解決之道，幫助自己走出困境。

一、借鏡取法，勝過自求多福

一個人再怎麼優秀，一定能找到觀摩的對象，想一想春秋戰國時代，讀書人面對懷才不遇的困境，有哪些比較積極的解決之道？

1. 孔子：周遊列國，刪述六經，指導學生。（師：沒錯，老闆太差，同事不靈，孔子決定換一家公司，最後辭職自己創業。）

2. 韓非：著書讓自己被看見。（師：沒錯，就算沒有辦法出版，也可以積極透過自媒體部落格粉專ＩＧ讓自己被看見，等待機會。）

3. 荀子：受邀講學於學宮，利用演說和著書影響他們。（師：漂亮，荀子陸續受到齊國國君和楚春申君的邀約，真是太幸運了，可以發揮更大的影響力。）

4. 孟子：周遊列國，距詖行，闢邪說。（師：很好，具體指出對手的錯誤，讓更多人理解事情的對錯。）

「春秋戰國時代，大環境很不好，雖然這四個人的結局有的也很淒涼，但是比自殺更積極，可以參考。」

二、系統思考，又勝過有樣學樣

別人的經驗再好，要套用在自己身上，一定要適當修正，要調整修正，就要針對自己的處境系統分析。

與上面四人相比，屈原特殊的處境是——

1. 楚國在六國之中，地處邊鄙，起步較晚，想要運用聯盟的手段取得國際影響力，但是太過心急，玩火自焚。（換言之：他們欠缺國際觀，致使國家的外交政策，發生嚴重的錯誤。）

2. 其他國家覬覦楚國，正運用手段正在進行可怕的吞併行動。（換言之：自己的國家已經成為別人的目標，他正值楚國的危急存亡之秋。）

3. 他身為楚國的貴族，對於楚國的文化有優越感。特別不捨得離開故國。（換言之：對母土各方面的文化了解得很深，依戀故土之情，勝於開拓的心）

4. 性格弱點覺察：

(1)性情浪漫，是一個標準的詩人。（換言之：風險就是——感情豐富，容易鑽牛角尖）

(2)有崇高的理想，過於追求完美。（換言之：風險就是——對他人不滿意，對現實失望）

「老師，這樣分析完之後，屈原的處境真的很艱困。」

如果你們是屈原，你們如何自處呢？如果你們是屈原的摯友，你不希望最後他走向自殺的命運，在他的身體和心理都還在可以應付的狀態，你會提出怎樣的建議呢？

「老師，我可以建議他多打球嗎？」（笑）

「多運動可以分泌腦內啡，減少憂鬱症的風險，讓自己更有體力奮鬥下去，很適合屈原，你們也可以建議他開拓興趣，以此排遣壓力，並且結交朋友，擴大影響力……老師建議你們把『生理、生活方面』的建議，像是情緒管理、理性感性的平衡，過於追求完美，不如循序漸進等時機……等等提醒結合成一類，一起談。」

三、放下身段，團結合作找戰友

「老師，那我可以建議屈原加強溝通表達和統御的能力嗎？或許那些睡著的眾人還有救，他可以像墨者，組織社團，訓練他們，領導他們。」

「這很有建設性，行文時別忘了連結屈原的元素，像是『團結』、『對抗秦國』。」

沒錯。搶救屈原，好像這些還是不夠，就像你們那麼用心地想拯救屈原，屈原也熱切地想要拯救他的國家，單打獨鬥，總不如生死同命。

你們覺得屈原需要找到哪些幫手呢？

1. 欠缺國際觀，外交政策錯誤？——熱血記者一起來
2. 正值楚國的危急存亡之秋？——有志之士永遠存在
3. 對文化充份了解，依戀故土？——教育現場撒種子

如果有一天，同學也可能遇到某些困境，別忘了「借鏡取法，勝過自求多福」，別忘了「系統分析，又勝過有樣學樣」，別忘了「放下身段，團結合作找戰友」。

做自己的貴人，做對方的知己。

給同學的話

文言文放進課本，列為經典，就是真理嗎？
你說：
文言文，似是而非，想當然耳，論證不足

Taco 老師說
合於邏輯的批判，讓我們從古文中學到更多
所以黑特研究的第二個重點任務是——
強化你的邏輯思考
找到看似不合理之處
並找出不合理的來源

參・小文青

這樣說

第十一章

老師，蘭亭集序的三個段落好斷裂

〈蘭亭集序〉

Part I

「老師，〈蘭亭集序〉一開始蠻美的，一進第二段整個很跳tone，那裡我就睡著了。」

真可惜，〈蘭亭集序〉的第二段，談了一個很重要的觀念，是很敏感細膩的心才寫得出那樣的東西。

「老師，可是後來第三段的地方我一醒過來，還是完全可以接起來。」

❁

誰說愛古文一定要有理由

「什麼意思？」

「我覺得『後之視今，亦猶今之視昔』這句寫得很好。它的意思是說：我們看以前的故事，主角的某些心情，即使事隔千載，還是可以感同身受；以後的人看我們，也可能會有這種『心有感感』的感覺。」

「很好啊！」

「啊老師，這跟第二段有什麼關係呢？我第二段整個看不懂，還是很喜歡這一句。」

「唉，」我用幾乎自言自語的態度說下去——

「你讀〈蘭亭〉，讀到把一句話放進靈魂裡，其實是一種很幸福、很浪漫的讀書法。我不是在諷刺你，老師是認真的。讀一篇文章，把全部的文章串起來，是一種『做學問』的態度；但是，讀一篇文章，讀到愛上一句喜歡的話，可能才是每個小文青走進文學殿堂的契機。」

不是嗎？

L上課的態度和我以前唸書的時候，實在很像。

唸高中的時候，我在社團混得很凶，上課精神常常不好。老師的說解再怎麼精湛細膩，我常常聽得片片段段的，只要文章有一點點空洞、生難詞彙多一些些，我就陷入夢鄉。

整課〈蘭亭集序〉，事後想想，也沒有真的體會全了，也就拼拼湊湊地去考段考。憑著國中時留下的語文本錢，倒也考得還可以。那些沒弄懂的深意，一直到自己當了老師之後，一邊備課，一邊教，才一次又一次心驚不已——這篇文章，寫得真好，真深刻。

當年的我，明明唸得一知半解，只記得「又有清流激湍，映帶左右」，記得「流觴曲水」，還有這句「後之視之，亦猶今之視昔」。可是就自我陶醉地愛之不已。文學雅句，就這樣上心了，甚至跑去唸了國文系。

教與學，有很多奇妙的緣份。老師這麼栽，學生那麼聽，無心插柳，歪打正著的，很多。

一篇文章，一知半解固然不對，但是，心智年齡未到，不見得要「為賦觀點強思辨」。那些「依注講解，學生自會」的故事，會真正發生在任何時空。

深入閱讀的能力很好，只是有時候不能當下就看到效果。

老師只負責好風好水好土，殷勤看顧，不必負責開花。

有一天該開的花自然會開，我們一定會看到。

Part II

「老師，你不是說王羲之坦腹東床不拘小節，現代如果有個王羲之，說不定他也是像我這樣唸〈蘭亭集序〉的哦！」

L上課，常常聽一段，睡一段，明明全課很長，真的聽進去的只有一星星，瀟灑豪邁，自以為王羲之上身。

「王羲之臨池學書，池水盡墨，才變成書法家，他雖然不拘小節，卻是一個很能潛心用功的人。你上課，只聽你想聽的部份，率性而為，跟王羲之來比，不適合，也許有點五柳先生『不求甚解』的意思，不過陶淵明也不是斷章取義，他的讀書方法，是『不為了考試而讀書』的讀書法。如果你還要面對升學、謀職，這樣唸書絕對是不夠的。」

L其實國文程度不錯，反應也很快，講那些話時一直在笑。找老師搞笑，也算是某一種另類的「懺悔」嗎？

「那我要怎麼唸〈蘭亭集序〉呢？」

「我們倒是可以跟王羲之學學有一點瀟灑又有一點認真的辦法——」

一、從你最看得懂的地方開始

文章再長，總有難易，如果對有些人來說，〈蘭亭集序〉就已經像一個一千片的拼圖給人那麼大的壓力，總有比較容易拼起來的角落，你覺得第一段不錯，就先把第一段徹徹底底的弄清楚。」

二、接受系列對照的任務

請舉出〈蘭亭集序〉、〈春夜宴從弟桃花園記〉、〈始得西山宴遊記〉、〈赤壁賦〉、〈琵琶行〉的五個異或同。請先思考你要比較的向度，然後整理成表格。

「不會吧，我先走了。」

就在這個時候，我的愛徒S前陣子加入了指考戰士團，正好路進辦公室。

「S，你來得正好。你說說看。」

S聽完了我的意思，一陣莞薾，表情卻也顯得樂意。這些文章在她心裡，正等著串起來。面對美女學姐的出現，L的臉上也多了點甘願的表情。

S想了很久。她說：

「老師，這些文章，都描寫了一次出遊。〈琵琶行〉送別，也算是外出暢談。」

太好了。然後呢？

「前兩篇（〈蘭亭集序〉、〈春夜宴從弟桃花園序〉）是春天，其他幾篇我有點忘了，都是秋天嗎？」

沒有錯。〈始得西山宴遊記〉遊于元和四年九月二十八日，〈赤壁賦〉在「壬戌之秋」。

〈琵琶行〉也在「楓葉荻花『秋』瑟瑟」的秋天。

「都集中在春秋兩季呢！」

學姐在說這句話的時候，那彷彿從少女漫畫裡走出來的娟秀臉龐，帶著一絲詩意的讚嘆。

「在春季和秋季出遊，必定十分愉快。」

溫柔的她，似乎已經和古人走在一起，享受著惠風和暢、清風徐來了。跟這些纖細敏感的孩子談詩文，真是一種享受。

「老師，古人還喜歡『夜遊』，『夜遊』，嗯。」

L一定要表現一下，這倒是很好的發現。沒錯。前幾天吵得熱鬧得不得了的〈記承天寺夜遊〉是一次「夜遊」，在高中，有〈春夜宴從弟桃花源記〉記「夜遊」，〈琵琶行〉記「夜晚」送客江畔的偶遇；〈赤壁賦〉、〈始得西山宴遊〉兩篇則是過「夜」的遊記。

「地點呢？」

「不是上山，就是在船上。」

很好，遊山，玩水。春天或是秋季，遊山，玩水。

「還有一個重點，是：『出遊的人』和『出遊的目的』。」

S陷入很深的思考，L也開始認真起來。最後打破沉默的是S。

「老師，〈春夜宴從弟桃花園記〉是一場家宴；〈始得西山宴遊記〉、〈赤壁賦〉都是文人打發時間的活動；〈琵琶行〉是送別。」

「所以，L，你喜歡的〈蘭亭集序〉的第一段，究竟是堆什麼樣的內容？」

在春天出遊踏青，享受崇山、峻嶺、茂林、脩竹、清流、激湍，原本就是古人的習慣，《詩經》即有不少作品是描寫春遊的，像詩經《鄭風》〈出其東門〉，首句便是「出其東門，有女如雲」，說的是鄭國人喜歡春遊，出了城東門，滿眼都是花枝招展的郊遊女子。《詩經》另有一篇〈溱洧〉，描繪的也是少男少女在春天相邀出遊，許多男士會利用這個機會尋找自己的「真愛」，如遇兩情相悅，就互贈芍藥定終身。

在這些相關篇章的陪襯下，「蘭亭集」的特殊性完全顯露出來。它是一場白天舉辦的大型活動，有別於夜遊的靜謐或狂歡，結合了當時習俗，有較強烈的儀式化，也因為來的不是親切的小型家宴會出現的熟人親朋，不是傷感的送別，也不是男女聯誼，而是一場非常轟動的聚會，是可以上報紙當新聞的等級，這一場名流的宴集，顯然經過精心的策畫（流觴曲水），好讓今天的貴賓風雅一番。

就說「列坐其次」好了，列坐怎麼坐？謝安坐哪？支道林坐哪？王羲之父子坐哪？這些都是上流社會衣香鬢影之間的雅事。

這些事情，古人多是幾句「勝友如雲，千里逢迎，高朋滿座」，也就帶過，王羲之做了很好的描述，再透過廣泛地閱讀，系統的整理，我們掌握了這是一場怎樣難得的活動。

「老師，這樣的名人雅集，一方面可以欣賞山好水好，一方面，那些賓客們，應該也很有看頭。」

很好。L對這個實在很夢幻的學姐搖了搖頭。「毋湯。毋湯。」

「還不只，你們覺得，他們在那天會聊些什麼？我提示一下，注意一下他們的朝代。」

出遊宴飲系列分析

作品	赴宴人	季節與時間	活動	地點	感情
春夜宴從弟桃花序		春 夜宴	飲酒作詩	花園	天倫之樂
始得西山宴遊圖		秋 過夜	遠眺，飲酒	西山	自我療癒
蘭亭集序		暮春之初（三月初三）白天	①飲酒作詩 ②與當時主流思潮對話	築於會稽山陰之蘭亭	思索

▶運用系統對照看出〈蘭亭集序〉的生命思索從何而來

勸諫策略系列分析

	燭之武退秦師	馮諼客孟嘗君	諫逐客書
勸諫對象			
對諫對象個性與處境	出兵動機薄弱	對門下食客管理鬆散，對政治缺乏長遠眼光	急於統一，實事求是
開頭作法	先肯定秦國國力，秦國伐鄭，兩國俱優勢武力，鄭國無力對抗，秦國必然取得勝利	以長鋏歌試探孟嘗君的肚量	直言反對立場
用意與效果	先示弱，再巧妙為對方研擬有效的策略	為後文矯詔市義做舖陳	以兩句話吸引秦王注意，姿態較高，深具自信

▶運用系統對照看出〈諫逐客書〉的規勸策略極為準確

Part III

「老師，這樣很累，不過講完之後覺得〈蘭亭集序〉與眾不同。還蠻好玩的耶！」

「我們用一樣的方法，把多篇『序』文羅列深究，對照思考，還可以找到為什麼你睡掉一段還可以無縫接軌的原因。」

「啊！真假？」

對照思考

系統思考的其中一個要點，就是「微觀」與「宏觀」並重。

閱讀一篇文章，可以由單字微觀，到單句微觀，到段落微觀，到意義段，到篇。可以宏觀到各冊課文的類似作品，還可以宏觀到課外閱讀。

「系統的範圍」界定不同，會得出不同的效果和發現。

我們不妨再由「序」這個切入點對〈蘭亭集序〉再宏觀系統思考一次——拿〈桃花源記〉、〈琵琶行並序〉、〈春夜宴從弟桃花園序〉、〈金石錄後序〉、〈臺灣通史序〉等高中教材中的「序」對照觀察。

我們看到「作品序」的基本元素即為「該作品的創作背景」，而〈桃花源記〉是個特例，不按牌理出牌，寫了一個微小說，「序」與「詩」形成同一主題不同文類的重寫樣態。從「作品序」的基本元素來看，〈蘭亭集序〉，由第一段對宴集的描寫，接到第三段的最後面「故列時人，錄其所述，雖世殊事異，所以興懷，其致一也。後之覽者，亦將有感於斯文。」就已經可以算是一篇完整的「序」了。換言之，就這兩段，讀者已經可以明白〈蘭亭集〉的成書背景是修褉日文人宴集流觴曲水創作的作品集……

「就是我聽到的那個部份。」

沒錯。

偏偏，這篇序精彩之處，就在加進去的那個第二段。他探究了形下的「人」的日常需不需要被記錄的問題，而形上學的問題，正是當時「清談」的核心話題，這一段恰恰回應了這場名的聚會，由當時思潮出發，照見寫作的意義。

基於「人的日常需要被記錄」這個主張，他也批評了老莊達觀的形上思考，可能對於個體存在欠缺正面的審視。

王羲之版的「無常論述」，如此獨特

一般我們談「無常」，說的都是生命的長短——「生命的長短不是我們所能控制的。」一個墜機的意外，帶走一個自律嚴謹的籃球偶像；一場無情的戰火，帶走穿著紅色上衣的敘利亞可愛男童；一個患有精神疾病的人，因為不配合查票，隨隨便便就能奪走一條寶貴的生命……老天爺，怎麼就是常常跟我們開玩笑。當時的清談之文士，對此也提出了個人的生命態度、哲學思維，或熱愛服食求長生，或崇尚老莊哲學、「越名教而任自然」……

那王羲之呢？

也許正是因為熱愛生命，他談「無常」，竟然是從「私領域」來談的。

他說：無常的，不是只有生命，人的「愛」也是無常的。

人的外表可能還是像十幾二十年前一樣善於保養，但是，過了這些年一個人的心很難都沒變。

當初衝動的，後來變得穩重；當初羞澀的，後來變得熱血；當初靈氣逼人的少女，被工作和婚姻淹沒；當年意氣風發的少男，為了家庭溫飽向人低頭。

「有一首歌，叫作『乾杯』，你看過那MV嗎？」

「我看過，五月天。」

每一個當下，我們都曾覺得自己全心全意

〈乾杯〉MV裡，一個病人即將結束生命，從這個世界畢業，生命中曾經經過的片段，一幕幕地往生者眼中上演——當年被老師打手心、畫課本、和死黨爬牆、跟女朋友吵架、事業成功……每一個當下，我們都覺得自己全心全意地在活著。當我們死的時

篇目	作者	寫作背景	寄託旨意
正氣歌並序		詳述	慷慨就義
琵琶行並序		詳述	同病相憐的感動
桃花源記		虛筆	心目中理想世界不存在
金石錄後序		詳述	追念丈夫
春夜宴從弟桃花序		略筆	及時行樂
臺灣通史序		詳述	臺灣不可無史，無史等於亡國
蘭亭集序		略筆	形而下的苦樂酸甜值得一書

候，回頭看看自己那每一份認真，真是無限感慨。

「原來第二段在講這種無常感觸哦！我後來有背耶。『死生亦「大」矣，豈不痛哉！』」

「沒錯，他要說的『大』，應該是『重』。他認為：即使人終究要煙消雲散，每一刻都『重』要。不管是什麼瑣碎的小感觸都『重』要，『重』要到值得好好書寫。因為『重』『生』，那麼『死』是『生』的結束，自然也『重』。」

我忽然想起來，在去年的園遊會上，有個外校來訪的美麗女孩，當著大家的面，把一杯飲料往他臉上狠狠一潑。L當下只是站在那裡苦笑，一句話也沒有說……

「當我們愛著誰，或是被愛著的時候，總是覺得自己是全心全意的，最後卻無奈地不了了之。〈蘭亭集序〉盤點著這些，並非在告訴我們，感情終舊也是無常，沒有什麼是永遠的，『天下無不散的筵席』，『向之所欣，俛仰之間，已為陳迹，猶不能不以之興懷。』相反的，他的意思是，『當其欣於所遇』，希望你能夠珍之重之……」

「重……」

是的。

「呃，老師，那件事，也不能這樣說啦。」

「都是要等到自己變了，才知道『無畏地去愛』和『無所謂』，竟然可以都因為同一個人而啟動。」

「話說回來，老師你真的覺得我有一天唸國文會唸出自己的味道？」「是厭世那種嗎？」

他岔開了話題。

沒有想過要跟誰聊到這麼深，但是王羲之這個又調皮又認真的人，讓我跟學生就這樣攤開一個話題，到我們都覺得有一絲憂傷和肅然起敬。

「你是有一點點不乖的人嗎？你為了一篇文章，會發神經地再唸相關的好幾篇文章？」

他只是傻笑著。

課堂小工具

加上數字秒懂莊子

「莫壽於殤子，以彭祖為夭」這一句，出自《莊子》，每個國文老師上〈蘭亭集序〉的時候，都會補充這一句。

不過，《莊子》這話有點玄，為什麼夭折的人其實長壽，長壽的人其實是夭折？（我還「夭壽」咧），看起來還真是有點「荒誕」胡扯，王羲之根本不用大費周章來筆戰吧！

當然，莊子不是來搞笑的，王羲之完全了解這裡面的深意，莊子不是省酒的燈呀！只是，要怎麼讓同學一下就理解這句話呢？

我是這麼說的：

一個人未成年而死，「假設十歲就死了」，當然我們會覺得他短命，但是莊子就想：說不定這個人「原本只能活到兩歲」，他能活到十歲，就是長命了；同樣的，彭祖「活到八百二十歲」，按理一般人都會覺得他長壽，但是莊子就想：說不定彭祖根本「長生不老」的，卻在八百二十歲時還是過世了，那麼八百二十歲即是短壽了。

加上數字，同學們很快就能明白《莊子》的用意。

他用的方法，可以說是一種「預期心理的抽換」。比如我們上課，大家的默契是五十分鐘後會有鐘聲，就可以下課，一旦四十五分鐘就下課，大家就會覺得賺到五分鐘，但是國中生上四十五分鐘下課，怎麼從來沒有覺得賺到過？那是因為國中生沒有「五十分鐘」這個預期心理。

這個想法，很可以用在生活裡的很多事情上。

比如我們之所以覺得「塞車」，是因為沒有塞車的時候三十幾分鐘可以到，今天卻走了一個小時。為什麼我們不想想：我們有車多好！如果這個世界沒有汽車，我們上學就要起個大早，再怎麼塞車，也是快過步行。如果我們原本就打算用一個小時到目的地，我們就沒有塞車的不舒服。

同樣的，夏天的時候，我們知道世上有冷氣，可以控溫，於是對某個溫度有了預期，在常溫下就覺得像烤爐。如果我們從不預期要開「冷氣」，心裡想的只是「蔭涼」，走到樹下，你就會覺得得救了，找到涼快的地方。涼（有冷氣，但不夠冷）也是熱（還是覺得熱），熱（在樹下）也是涼（有點涼）。涼也是熱，熱也是涼。

莊子希望用齊物的思想，讓世人超脫生死的傷感，這個出發點是良善的。

如果醫生判定某個人能活半年，最後他竟然活了十年，雖然還是早逝，我們就覺得沒有那麼痛苦。

短壽也是長壽，長壽也是短壽。

有些指考生完全沒有預期學測要上，單純甘願地迎戰指考，那麼指考也是很輕鬆，同樣的，學測也可以讓人覺得很漫長。

長，還是短，都不是絕對的，與我們的預期心理有關。

不快樂也是樂，樂也可能不快樂。

你常做怎樣的預期？

你給自己一些退路，放過自己也放過對方？

莊子的數字相對論

$$70 < 8$$

$$\frac{70}{100} < \frac{8}{2}$$

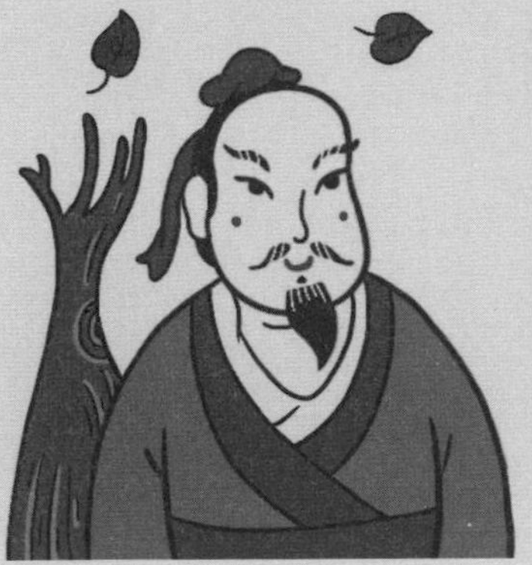

單位不同？
個人主觀？
計算錯誤？
邏輯障礙？

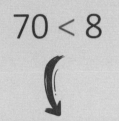

第十二章

老師，這種教忠教孝文，思辨的空間似乎不大

〈左忠毅公逸事〉

「本文的思想感情，告訴了我們一種既定的價值觀，思辨的空間似乎不大……」

原文

（左公）則席地倚牆而坐，面額焦爛不可辨，左膝以下，筋骨盡脫矣。史前跪，抱公膝而嗚咽。公辨其聲，而目不可開，乃奮臂以指撥眥，目光如炬。怒曰：「庸奴！此何地也，而汝前來！國家之事，糜爛至此。老夫已矣，汝復輕身而昧大義，天下事誰可支拄者！不速去，無俟姦人構陷，吾今即撲殺汝！」……（史可法）後常流涕述其事以語人曰：「吾師肺肝，皆鐵石所鑄造也！」

「老師，左光斗自己為國捐軀了，然後，他提拔了一個人，也是為國捐軀了。史可法果然複製了老師的悲劇。」

「妳覺得左光斗應該好好教育史可法，讓史可法的人生結局更幸福美好？」

「也不是，不過，的確有些長輩，會感慨地希望他們的晚輩，不要步上他的後塵，不是嗎？」

同學的態度很和氣，但是進一步地說明了她的疑惑。

「史可法受到感召自己想要這麼做，老師沒有強迫他。還是，妳覺得史可法可以有更聰明的選擇？」

「嗯，沒有啦，複製老師對理想的傻氣，也是一種傳承，應該是值得頌揚的美德。」

這也是文章的本意，雖然，同學的口氣中沒有熱情和感動，甚至我總覺得她有什麼話要說。

「反正這篇文章就是宣揚師生情感、大仁大義的概念。」

男同學每次看到女同學來問問題，總是想要岔進來表達一下意見。不過這句話提醒了我，如果好好體會〈左忠毅公逸事〉，還可以看到什麼？

〈左忠毅公逸事〉裡，左光斗堅持理想，不畏閹黨，上書彈劾；史可法負責勇敢，死守揚州，留名青史。這是個識才愛才的佳話，無疑也是一篇教忠教孝的好教材。沒有左光斗，恐怕沒有史可法，有了史可法，更彰顯了左忠毅。全文總而言之，當個忠臣，得看你把命看得重不重！談了精神，不談做法；有人物，不談突圍的細節。

「一個人為國犧牲，已經很感動，可是師生兩個人都為國犧牲，你不覺得更感人嗎？……」

女同學糾正旁邊的男同學，說得也沒有錯，只是語氣是很理性的，也有一些保留。果然，她用溫和的語氣繼續說下去：

「我只是覺得，這似乎也是一種類型文章的公式。本文的思想感情，告訴了我們一種既定的價值觀，思辨的空間不大。」

她終於說出了她的想法。這個孩子每次來問問題，都讓我覺得有點雞皮疙瘩。大部份的孩子看到不喜歡的文章，只是神遊太虛，疏離、厭惓，根本懶得花心思憤怒，更別說抗議。無聊地推開課本，頂多應付應付考試，這課就成了生命中的過客，有多少學生可以這樣反思呢？

我突然省悟同學們如果不愛一篇課文，怎麼可以就算了呢？我一直以為帶給學生好的教學，是身在教改浪潮中起伏的老師們的責任，我幾乎快要忘了：這也是同學們應該要爭取的權益——去叩問這一課到底要教會我們什麼。這個女孩，真的教我肅然起敬了。

「這樣好了，」我走進教室，「這節課，我們從『犧牲』開始。在〈左忠毅公逸事〉這篇文章中，請你們先告訴我，除了為了國家而『死』之外，他們為國家做了什麼？」

我請同學把為了國家和老師而「付出」或「犧牲」的字句，標上記號。我提醒他們，真的去做的，就是「付出」，可以不做的，就算「犧牲」。標記好的人，我就請他們歸納一下他們的處境——

對工作（對國家）的心

一、左光斗

1.風雪嚴寒，從數騎出：大環境條件不好，還是做了該做的事

2.微行，入古寺：很有技巧性地視察，並且不動用過多資源

3.吾諸兒碌碌，他日繼吾志事，唯此生耳：對自己的孩子沒有私心，把公眾的利益放在優先的位置

4.（冒生命危險上書揭發宦官罪行）下廠獄：嫉惡如仇，不怕放炮得罪壞人

5.此何地也，而汝來前：明明國家對不起他，但一點也不想自憐抱怨

二、史可法

6.抱公膝而嗚咽（在獄中見老師最後一面，但怕被發現不可以放聲大哭）：救不了想救的

人，又必須忍氣吞聲

7. 大雪天值夜，帶兵認真：加班加班再加班

8. 死守揚州城

對老師的心

1. 吾上恐負朝廷，下恐愧吾師也：覺得自己的表現，就是老師的臉面

2. 往來桐城，必躬造左公第，候太公、太母起居，拜夫人於堂上：老師死了之後，還常常拜訪老師的家人，念念不忘師恩，甚至把老師的家人，視為自己的長輩

「你們最感動的是哪個部份？」

「被老師這樣一講，覺得統統變了不起的。」

「在牢獄之中那段。兩個有理想的人在獄中見最後一面，從頭到尾，我都很難過。」有人還是選出了自己最感到不捨的段落。

「那麼，以本文而言，你們認為：史可法從老師身上，到底學到什麼東西？」

「他覺得老師大義凜然，『心腸（肺肝）』都是鐵石鑄造一般，所以他也變勇敢了。」

這答案不壞。

「左光斗認真負責，史可法很欣賞老師，所以效法他，成為一個忠義（毅）的人。」

師長成為同學的偶像，合情理也合文理。

「左光斗對國家十分擔憂，但是沒法親自完成這個艱鉅的工作，史可法覺得自己應該在老師死後，繼續幫老師完成這個理想。」

同學能夠想到這樣的答案，聽得我都快要哭出來了。我整理一下心情，繼續說下去——

「如果換一個學生來看，從左光斗身上散發出來的氣質，最讓人覺得有負擔的是什麼？」

「很累。」

「很危險。」

「很容易變得不平凡。所以，還是『很累』。」

「嗯，對，不要這麼辛苦，簡單就好。」

如果左光斗沒有出現，可能史可法本身就是一個很負責任的人，他本來就比較不喊累，不怕辛苦，願意安靜地在古寺裡練作文，想事情，讓自己不斷成長。而左公的出現，差別又在哪裡呢？

為國家而活

「同學們，有時候，師長對我們的啟發，是關於『結果』（找到人生方向），或是關於『過程』（建立正向習慣），但是，有時候，師長對我們的啟發，是關於『目的』（改變價值取向）。」

「目的？」

「舉個例子來說：如果我常常搭電梯，今天電梯壞了，所以只好爬樓梯，那個時候我爬樓梯，理由就是電梯壞了，別無選擇。但是有人爬樓梯，是為了刻意走路。減重。

有人之所以繞路去合作社，不是弄錯方向，是為了多看一眼某一班的漂亮女生。

有人之所以中午來不及吃飯，不是因為老師逼他補交作業才能吃飯，是因為社團要集合，搞到沒時間吃。

目的不同，感受完全不同。不是嗎？

左光斗教了我們一件事，不是教我們可以為了國家去死，卻是教我們可以為了國家而活。而這種想法，最後成了他和這個優秀懂事識大體的學生兩個人共同的信念。

你們試試看拿出一張紙條，左邊寫下這幾個動作的其中一項，右邊寫下做這件事可能的理由（目的），請注意，至少最後一個理由，不是為了自己。

認真打掃→為了不要被迫重掃
→為了不要讓衛生股長為難
→為了讓上這間廁所的人覺得很幸運

很認真地接待入班的日本學生→因為日本學生很帥
→為了讓人家對臺灣留下好印象，尊敬我們的國家

唸三類組→聽說三類組的都考得比較好
→因為好朋友選三類
→想當一個有能力的人，讓病人不要因疾病而痛苦

你們去感受一下，不同的目的，做起來感受有什麼不同。

有時候我們做一件事的目的很多重，很複雜。像我當一個老師，大部份的時候，可能只是

想混口飯吃。國家／班級／家庭，都是一個抽象的概念，書上都會告訴我們很理想的東西，希望我們不要只想到自己的幸福，那些口號，都很夢幻。如果有一天你終於找到你的偶像，或多或少，在他的生命中總有一些你很想做但是做不到的事。有些，是關於能力，有些，則是關於格局。」

第十三章

老師，古人就可以寫流水帳？

〈北投硫穴記〉

原文

約行二三里，渡雨小溪，皆履而涉。復入深林中，林木蓊翳，大小不可辨名，老藤纏結其上，若虬龍環繞。風過葉落，有大如掌者。又有巨木裂土而出，兩葉如蘗，已大十圍，導人謂楠也。楠之始生，已具全體，歲久則堅，終不加大，蓋與竹筍同理，樹上禽聲萬態，耳所創聞，目不得睹其狀，涼風襲肌，幾忘炎暑。

「樹上禽聲萬態，耳所創聞。」

「復入深林中，林木蓊翳，大小不可辨名。」

「各位同學，這兩句話，看起來有些像廢話。你們有這種感覺嗎？」

在一些課前預習之後，我們進入〈北投硫穴記〉，同學的心理準備，十分充分。

整個北投硫穴，就是郁永河旅程的終站，他們來划船沿著磺溪到內北投社，行經茅棘區、巨木區、峻坂區、禿山區（好有Dora的味道），終於來到硫穴。硫穴之聲很遠就可以聽到，郁永河在課文所截取的段落前，就記錄了這個聲音，最後再以硫穴「倒峽崩崖」、驚心動魄的聲音作結，記錄細膩，又互相呼應。是台灣開發史的重要資料。

同學幫我在台上畫出地圖，我們步步艱辛，終於隨著文章的末段，回到巨林區乘涼。

「老師，我不懂，您的問題，可以再說一次嗎？」

「郁永河由福建來台，哪個原住民部落，哪座山，哪隻鳥，不是『創聞』？尤其後一句更空洞——『林木蓊翳，大小不可辨名』——看到什麼花草植物，統統說不出名字，是一個文人在曠野大自然裡極可能發生的事，寫這一句有什麼意義呢？整本書都是：『創聞』和『不可辨名』啊！」

同學回顧剛剛瀏覽共讀的《裨海紀遊》，那麼多細膩的記敘，同學們差點被我說服了。

「那些動物和植物，都不是重點。所以輕描淡寫就好，這就是詳略剪裁的『略筆』吧！」

在課堂上，逼同學應用寫作術語一起對話，是很過癮的事，雖然「略筆」這字眼很基本，但是這不是他們的生活語言，我聽了還是很感動。藉著〈北投硫穴記〉，忠實地記錄一趟旅程的所見所聞的一本書，作者以一種不厭其詳的寫作筆觸所完成旅遊日記。我想跟同學談一談略筆。

「是，這是略筆。那我想請問大家：一篇文章，需要多少略筆？有沒有什麼樣的略筆其實可以刪去更好？什麼樣的略筆又是添枝加葉的神來之筆？我們在文章中，也應該放一些廢廢的

『略筆』嗎？這樣不會讓別人覺得我們在灌水嗎？」

「老師，應該說：要把詳筆的部份寫好，那放點『略筆』就剛剛好。像他寫硫穴，就寫得很清楚。放兩句廢話，就不覺得灌水。」

說得真好。文學總是知易行難，但，對寫作原則很清楚總是好的。

「哦，這一篇的主題是？」

「是硫穴。」

「其次呢？」

「是所有跟硫穴有關的線索，像是接近硫穴時，硫穴的白煙、硫氣造成草木不生的景象、硫黃造成溪水變成藍靛色的異象……」

「還有嗎？」

「一開始郁永河向番人詢問硫穴在哪裡，這個交代也算嗎？」

「當然算，這是伏筆。」

聽起來很有道理，我似乎可以下結論了，可是，我還記得在研究所的時候，我的戲曲老師們教我看戲，老師說：沒有一個配角可以隨便，配角失敗也是一齣戲的失敗。我們如何去欣賞一個配角呢？我們如果連配角都懂得善加玩味，才能說自己比較明白應該如何運用配角。

「如果沒有人認為這兩句是敗筆，而是硫穴記裡一個無傷大雅的陪襯，有沒有覺得這句話能夠對我們理解郁永河的心境有若干幫助？」

同學們覺得《裨海紀遊》讀來並不困難，在語言上對於字句的說解也許會有一些疑問，但是他的文句樸實，沒有複雜的言外之意，但是，微觀，放大，放大，微觀。透過閱讀視角的切換，關於郁永河的心境，同學還應該有所體會。

「有人看過《丈量世界》這本傳記式的小說嗎？」

如何記錄你丈量的世界

畢業的學生王俊翔多年前曾受我邀請返校講座，說的就是這本書，由他說來真是精彩，我只能盡力轉述。書中高斯與洪堡兩位學者的生命故事，有一番強烈的對比。

數學家高斯對世界充滿好奇，他認識世界的方式，是找出表象世界背後的規則，思考還有什麼邏輯可以運算表達，但是洪堡不是，他是生物學、博物學者，他對這個世界，同樣充滿好奇，但是他是親自去觀察和記錄，比如他到原始部落看到黑奴，印象深刻，也曾到雨林帶回各種珍禽異獸，回國內研究整理。高斯的聰敏看到一般人看不到的秩序，而洪堡的恆心看到一般人看不到的萬象，兩個人都看到一種真相。

閱讀《裨海紀遊》這一本旅遊日記，我們正好可以親切地看到看到一個冒險家的面貌。

「所謂的『冒險家的精神意志』，有人可以從補充講義裡《裨海紀遊》的原文舉個例子嗎？」

「在『十七日』那天的記載中，社人警告他：『野番常伏林中射鹿，見人則矢鏃立至，慎毋往。』別人說那裡有危險，郁永河的反應不是避開，而是『乃策杖披荊拂草而登』。」

沒錯，冒險家一要有強烈地意志，二要有和對『前所未見』的貪心。不然，誰不希望趨吉避凶呢？

「很好，那麼難得的旅行，如果有相機，他會想要……」

「能拍多少張，就拍多少張。」

所以，《裨海紀遊》，就像我們出遊沿路拍照般，順敘寫作；所以，《裨海紀遊》沒有嚴謹的結構，所有的略筆，都是他能力之外，很貪心想要記錄但無法記錄的留白。

就好像我們逛街時，東也想買，西也想吃，最後胃裝不下了，錢不夠用了，只好做罷。

我相信郁永河如果平時對鳥有多一丁點的認知，他鐵定也把它詳述；如果他對植物有多一點的認識，他鐵定也把它列個表。這個心情，展現在〈北投硫穴記〉這一段中，對「楠木」的記錄之上。探險日誌沒有嚴密、立體的章法結構，廣博、細膩、正確就是它的章法，它的美學。

「所以，老師，因為這裡太荒涼，連番人都沒有，所以也沒有原住民的長相可以描寫了，他對植物動物又不懂，就只能記下：『復入深林中，林木蓊翳，大小不可辨名。』帶過去了。」

同學直觀的反應，惹得我也微微一哂，不過說的有理。

「唉，沒有想到，記流水帳原來也會留名青史。」

「這不是唯一一種旅遊探險書的寫法，如果把奇遊作為生命成長的壯遊，就會有另一種書寫態度，像是很多人很喜歡的《轉山》，會有更多觸發可以分享。此外，《天下郡國利病書》則是一種考察的態度，又是另一種寫作的體裁和想像。壯遊的作品，還有很多不同的面貌。」

「但是，有一種人的工作不是就在做流水帳？流水帳也是一種偉大的工程，它忠實記錄眼前所見，不帶觀點。郁永河的第一個貢獻，是他願意來台灣，冒著生命的危險，克服困難活著回去，他記述的對象是外人都不知的洪荒天地，這流水帳的背後是一條人命啊；第二個貢獻，是他忠實地記錄了所有他可以寫下的東西，因為盡量不帶觀點，所以鉅細靡遺。連不能記的鳥和樹都放了一筆，我們可以合理地說，能寫的他必然都盡量筆記了。」

下課時，學藝股長來簽名時，告訴我：「老師，今天的課很有趣，從來沒有人跟我們討論流水帳。」看著那一本日積月累的紀錄，我忽然體悟，學藝股長的職責也是一種可怕的流水帳。

如果孔子周遊列國，找到的是文筆華美、事理通透的孩子一起去，寫下他們深深的的心得和感動，一定是個偉大的作品，但是孔子的門徒，一路忠實地記下孔子的言行，仍是我們最後會聚建構的金磚。

詳篇與略筆

1. 有充分的「詳筆」才顯得略筆輕盈之美，一般的同學「詳筆」不足。
2. 在「詳筆」本身脈絡的發展清楚的前提下，再配合「略筆」顯得血肉豐足。
3. 為什麼要讓配角出現？配角和主角的連結是什麼？寫完一篇首尾具的作品時，不妨回頭檢視，有些「略筆」如果刪去，文章是否更加緊密。
4. 書寫目的影響到書寫的取捨。展示「事實」的書寫，「觀點」必須精要；展示「觀點」的書寫，應該取捨「事實」。有時候一篇文章，需要先展示「事實」，再展示「觀點」，那麼筆觸也應該對應轉換。

第十四章

老師，這篇文章，等於是21張停格照片

〈醉翁亭記〉

新學期，接了新班級。昨天，因為種種理由把班長換下來。

「你要被貶謫了。」

我告訴他我的思考點，隔天再向同學們公告他左遷的消息。

❁

慶曆五年，歐陽脩也被貶謫。三十九歲的他，已經是站上慶曆改革的風口浪尖上，范仲淹集團的優秀後進，然而，越是有想法、肯做事的人，承擔的風險越大。這是第二次被貶，就貶官外放來說，也算是有經驗的了。

〈醉翁亭記〉，其中一個關鍵字即是題目的「醉」。

「醉」的相反是「醒」，它應該不是一個好字，屈原就曾經痛徹心扉地說過：眾人皆「醉」，清醒的人太少？「醉生夢死」、「借酒澆愁」、「紙醉金迷」，那是爛醉如泥，沒藥可救的糊里糊塗。歐陽脩卻「醉」得優雅，跟著那些「不醉不歸」、「酒酣耳熱」簡單痛快的滁人，「如痴如醉」、「陶醉」在寬闊的天地間，醉得……很健康。那是微醺，「醉」得很「清醒」，喝完之後，寫一寫「酒後的心聲」，他喝到哭，擦著眼淚一邊吶喊著「我沒醉，我沒醉，沒醉，請大家勿免同情我」，明明淒涼又嘴硬？沒有，他寫下優美的滁州山水風情畫。

酒當然只是配角，主角呢？他說是山水，後來，說得更清楚：他在乎的是滁州那些百姓，那些喜歡吃當地的魚、當地的菜，喜歡喝在地好酒，喜歡找太守喝兩杯、划酒拳的歐吉桑。

你說：人生就是這樣，找個幾個朋友上快炒店乾杯，不必喝到大醉。但是〈醉翁亭記〉還提醒了我們一件事：醒能同交歡，人人都可能，醉後述以文，只有一種人。

那是文人。文人看山水有他的審美觀，喝酒也是，喝酒的關鍵不是酒的釀造成分，而是會去想一想自己為什麼而喝，還有，喝得有沒有美感。多少名山、名泉、名寺、名梅，因為文人而名貴，其實滁州的山不見得比台灣的山好看（呃，沒去過，想當然耳）（吐舌），瑯琊山也不特別「蔚然」（同前），只是文人特別會用一個角度去看出個什麼「意思」，說出個「趣」。別人看了，也覺得有「趣」。

「老師，〈醉翁亭記〉這篇文章，怪怪的。」

「哦，哪裡怪？」

「他好像在回答誰的問題？」

（滁州四周哪個方位的森林最茂密？）

「環滁皆山也，其西南諸峰，林壑尤美，望之蔚然而深秀者，瑯琊也。」

（釀泉在哪裡？）

「山行六七里，漸聞水聲潺潺，而瀉出於兩峰之間者，釀泉也。」

（醉翁亭在哪裡？）

「峰迴路轉，有亭翼然臨於泉上者，醉翁亭也。」

接下來，更像是一場問答。

「作亭者誰？山之僧曰智僊也。名之者誰？太守自謂也。」

〈醉翁亭記〉一共有21個也，可見，就有21題。用一句一句的答案串起一篇文章？這個想法很有趣。

「那，你覺得哪一個問題是核心問題？」

老師內心OS：快回答：全文的文眼是：『樂』，這篇文章的主旨是：『與民同樂』。全部的問題，都逐步指向『樂』字，並且歸結到『與民同樂』上。

他很開心地笑一笑，聳聳肩。

「全部都是核心問題吧！」

「你會不會覺得每一個問題都跟前面有關係。」

老師為了趕進度繼續強烈暗示著……

「老師，重點是他一小段，一小段，一小段。這真的很奇怪。很像……」

像什麼呢？剝筍法吧，教材裡都有。環滁皆山→西南諸峰→瑯琊山，一層一層，駢散兼用，形成一種詩歌的特殊節奏。有沒有……

「像一張一張照片。」

一句不經意的真心話，倒是觸動了我的心。這一課結構上的美感，我一直說得太籠統。除了第一段的——

1.「環滁皆山圖」：遠景

2.「西南諸峰」：中景

3.「瑯琊山」：近景

4.「釀泉」：特寫

5.「醉翁亭」：大特寫

還有，

1.「唱歌走路」圖：負者歌於途，行者休於樹，前者呼，後者應，傴僂提攜，往來而不絕

2.「滁州物產」圖：臨溪而漁，溪深而魚肥。釀泉為酒，泉香而酒洌；山餚野蔌，雜然而前陳

3.「宴會活動」圖：宴酣之樂，非絲非竹，射者中，弈者勝，觥籌交錯，起坐而喧譁

4.「太守喝醉」圖：蒼顏白髮，頹然乎其間

甚至最後，

4.禽鳥之樂圖

5.滁人之樂圖

6.太守之樂圖

有一段時間，我們流行把古人搬到FB，請同學畫出古人的臉書。〈醉翁亭記〉，實在是歐陽脩21張滁州生活「連續拍照」。相片與相片間的次第，是連續性拍攝拍下來的。（「畫面顯示：還有1N張」）

然後，這些照片，像相片瀏覽式的播送。每個「也」字，就是停格畫面。

愛看電影，愛拍影片的人，必定看過一鏡到底的影片。如果我們從高鐵站走出來，每走一段路，拍一張照片，就會發現有人來人往、有慈母牽子、有朋友談天……一直走到班上，然後：上學，放學；上國文、上數學、上英文、上化學，縮時攝影一天；穿夏季制服，穿冬季制服，縮時攝影一年。每一段都是照片，一個連著一個，然後，這些照片每片數秒鐘地播放，就會形成一種〈醉翁亭記〉式的節奏：片片段段，連續又重複。

「歐陽脩〈醉翁亭記〉連用21個也字，營造出形式上的特殊美感，像＿＿＿＿。」我請同學們審視這樣的特殊筆法。

「密室逃脫（層層進入）」、

「攝影 zoom in 效果」、

「一句一景的山歌」……

這些也對，但是相片瀏覽最能傳達「片片段段，連續又重複」的特色。

「老師，你有沒有看過會動的《清明上河圖》？」

「好意見。」

又是一個歪打正著的閒扯。

古畫的卷軸，往往用大廣角畫山水，把人畫得小小的，欣賞一幅掛軸，視角往往就要「上—中—下」地移動（參考故宮鎮院之寶〈谿山行旅圖〉），先看到山的上半部，再欣賞中段，再欣賞下方，才發現幾個人在路上行走；欣賞長卷，更要不斷捲出收入，一次只看畫軸的其中一部分，在舒卷和收攏之間，一段，一段，遞進欣賞。先捲到有人走在路上的樣子，再往前捲，看到宴會上的食物，再往前捲，終於看到蒼顏白髮喝醉的太守；先看到鳥，再看到滁人，再看到歐陽脩。動態和靜態，皆為略筆，筆筆寫意，層層推動，連續不斷。

這個比喻，強調了視角上的變動與推進，一方面「層層進入」（第一二三四段，各自都是層次），並且「由景到人」。

這樣的筆法，示範了寫作上的一種技巧，叫作「鋪陳」，我挖出過去的學生作品，有一篇短文〈猜〉，同學以考古學者的研究工作為立意，為了在首段呈現埃及歷史封塵於沙漠之間的場景，用的就是「視覺上」「片片段段，連續又重複」的「鋪陳」手法——

西元一千年，人面獅身像誕生，兩千年，無止盡的殺戮和流血，三千年，版圖疆域的擴充和茁壯，四千年，偉大世紀的興盛和沒落，之後，那些迴腸盪氣的黃金歲月，靜謐的埋在一望無際的沙漠，囚禁在神秘的國度，安靜地寫進莎草紙裡，所有的記憶陷入沉睡，幻化成尼羅河氾濫後一聲聲嘆息。

身為考古學家的我，必備的例行工作即是利用靈活的大腦去「猜」，推演歷史的來龍去脈，利用大量出土的文物和文獻去分析、比對、模擬，印證各式各樣人類和環境依存演化的證據。我的筆記本密密麻麻記錄說著埃及人的足跡，猜，下一個出土的是否讓人驚豔不已？（鄭羽真）

❋

歐陽脩明明是史學家，明明是金石學的權威之一，明明是學韓愈文以載道的散文家，但是這樣的筆法，不掩形式主義，有點華麗。

那是文人，在政治的磨折之下，還是湧現著才氣。

「老師，民主時代，也有所謂的罷黜嗎？」

有人幫換下來的班長提了一個問題。

「民主時代，是沒有『罷黜』這個詞，不過我們有『終止合作關係』的情況，像是：換工作、換情人、政黨輪替，也都算是一種『罷黜』概念！你應該想一想：該被罷黜（／留下）的人卻沒有被罷黜（／留下）會造成什麼局面？」

「不太好的局面。」

「那你現在是什麼局面？」

「懷才不遇。」

也太學以致用。

「在沒有股長可以當的日子，我們應該做什麼呢？」

同學有話要說，但是又覺得說了沒有什麼用。我希望他保持自己的敏感與好學，記錄自己的成長，還有，放大格局，看見別人，放下自己。這些，都是歐陽脩教我們的事。

「同學，有一種等待，很有意義，常常發生在你有宏大的抱負的時候。」

如果我們還沒有成熟，不要急，但永遠不要放棄。你可以看得很淡，但是更可以懷抱著才華，又不中斷學習，用一種等待的姿態潛伏著，有一天，機會來的時候就是你的。

第十五章

老師，不完美……也是一種特色？

〈晚遊六橋待月記〉

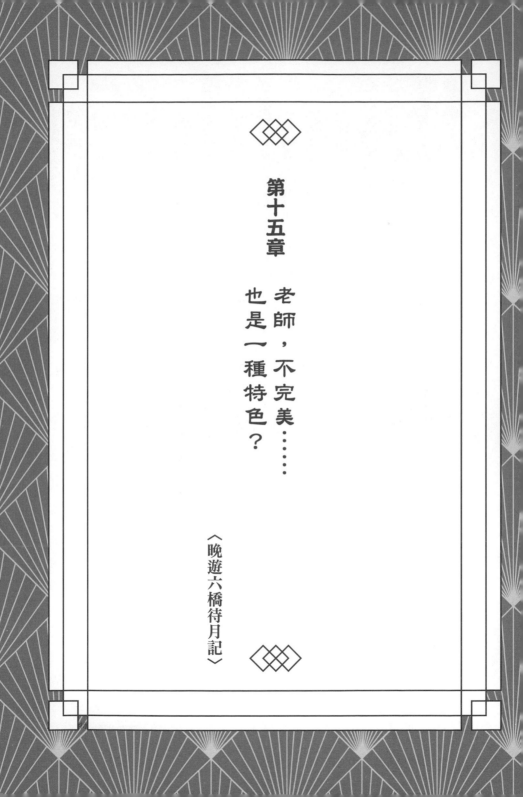

「老師，〈晚遊六橋待月記〉問題這麼多，幹嘛選到課本給我們唸呢？」

❀

〈晚遊六橋待月記〉是晚明小品的經典之一，作者袁宏道點評了西湖六橋的盛況，並且認為走覽西湖，清晨、傍晚尤佳，而月景最妙，與當時中午才漸漸出現人潮的玩法，有不同的主張。雖然拋出的意見頗有想法，但對於景物描寫卻側重在他略有微詞的下午時分的美，使這篇文章既不扣題，文章布局又顯得隨性所至。

「你知道什麼叫解構主義嗎？」

「這太難了老師。」

「那抽象畫看過嗎？」

形式上來說——沒有調性的音樂、抽象畫、野獸派、畢卡索、或者是潑墨派的國畫大師張大千……，他們開創自己的風格之初，像你們質疑〈晚遊六橋待月記〉一樣困惑的聲音一定都有，更有趣的是，不少專家指出：像是畢卡索，根本是一個畫藝非常精湛的人，他為什麼不好好畫？

「不跟大家一樣」，其實有點窘。別人都白天是看花季，你晚上去陽明山幹嘛？別人都唱芭樂歌，只有你喜歡很少人知道的某個地下樂團？別人都喝珍奶，你喜歡沏老人茶？到 CoCo 點一杯飲料就好了吧，他們在堅持什麼？

「他們在標新立異嗎？他們在擁護什麼，又迴避什麼？」我問。

「其實畢卡索是湊巧亂畫出來的。」同學笑。

「Y，你看過《一個巨星的誕生》這部電影，艾莉創作的動機是什麼？」

「她有很多情感要抒發，可是長得太難看，所以沒有人要幫她發片。」

「她跟哪一個老師學作曲？跟誰學填詞？跟誰學唱歌？」

「沒有。她只是有話要說。」

電影裡女神卡卡飾演的是一位才氣縱橫的創作型歌手，有很多話要說的、愛恨分明、憤世嫉俗、愛自由重於規則，用自己最想要的方式說話。

那種痛快我們都懂，但是最後打破框架的人很少。why？教材裡、閱讀素材裡、每一個成功的故事、日常生活上廣告標語，每隔一段時間我們就被轟炸一次——做你自己！其實袁宏道跟我們說的精神天經地義，但是我們不敢。

「老師今天想問你們，把我們的獨特性，還有我們的創意抹殺掉的，可能有哪些因素？以下這個句子，有一個空格，這個空格裡，可以填上什麼東西？
「────把我們年輕人的個性、創造力抹殺了！」
「學校管太多了（把我們年輕人的個性、創造力抹殺了！）」
「家長的思想很保守（把我們年輕人的個性、創造力抹殺了！）」
「臺灣教育太填鴨了（把我們年輕人的個性、創造力抹殺了！）」
「功課太多（把我們年輕人的個性、創造力抹殺了！）」
「還有嗎？」
在一陣又一陣的「沒錯～」聲中，我要求更多的答案，同學們一片紛亂，七嘴八舌地還在快樂地找兇手……
「如果學校管得『剛剛好』（姑且不論什麼是『剛剛好』），家長的管教也很有技巧、臺灣的教育變得很好、功課可以自己選擇想寫的才寫，年輕人的創意便不會被什麼抹殺是嗎？」
我重複了我的問題。
「老師，『年輕人的創意會被什麼抹殺』這句話的前提是『年輕人很有創意』，不過我覺得年輕人沒有什麼創意。」
我發現同學開始認真思考，不再只是插花嘴砲。

今天「提出看似假問題（不完整的問題）→忍受同學天馬行空→反覆追問」的教學流程給了我們很好的開頭。今天的開頭，邏輯不夠嚴謹，可是倒是挺刺激。

「不。我不覺得。」我看著每一位同學。

「每個人都有無窮的創意，都有獨一無二的個性，尤其是年輕人，我知道也許不是每一個人都很行，但創意不是一個比賽，不是全世界最有創意的人才能展現自己，可是我們常看到千篇一律的作品。當我們忍不住抱怨我們的個性快被升學主義給折磨殆盡，你真的想過要怎麼壞，怎麼胡鬧，怎麼拉倒，怎麼自私，怎麼為所欲為，可是不討人厭，不造成別人的困擾，可以坦然面對你和別人格格不入？真正的問題不是框架本身，而是你想做自己，又希望別人認同；你希望自由，但是又覺得委屈求全才是美德，不敢造次。真正的問題是我們很矛盾，最後得過且過，我們再回頭來看〈晚遊六橋待月記〉，你看到字裡行間，有一種氣味，叫作：敢跟別人不一樣的勇氣。

「不拘格套，會不會有人覺得我們自以為是？或是有一點偏執呢？」

「我知道你們在擔心什麼，但是不要只是擔心。我們昨天上的東西，就是在討論『中規中矩』和『不拘格套』的問題，規矩有規矩的好處，但是不拘格套又令人眼睛一亮，不是嗎？」

為了讓他們想一想規矩和突破規矩的優缺，我請他們把前一天所講的明代文學流變講義拿出來。我請同學們運用「擬人法」來理解國學流派，請他們：

①說明該派別的性情特點

②點出該派別的好處

③給每一派別的人幾句建議

我綜合他們的看法，越整理越覺得這實在有意思——

文學觀點的黃金辨證——明朝散文發展五階段

（按：由於結合課程，練習時我以公安派起首）

一、明初三大家：宋濂、劉基、方孝孺

（這個時期的的文章氣勢深閎，較有積極用世的內容。）

你的生命經驗比較大開大闔，也實際解決過重要的問題，這讓你變得善於找出問題的癥結，也因此，對你來說，議論文比抒情文好掌握得多。真正讓你無法進入抒情天地的，正是你勞苦的人生。放輕鬆一些，感受生命中輕盈的停格，味道就會慢慢散發出來了。（師：也太強，這星座大師啊！）

二、臺閣體：楊士奇、楊榮、楊溥

（明成祖年間，天下太平，許多臺閣大臣作詩，氣度雍容有餘，卻缺乏生氣。）

你磨筆的題目，拘限在應試作文，既然都是樣板文章，寫得四平八穩，卻欠缺動人的力道。文學的討論沒有範疇，課堂上的學習單都是人情事理的激盪，不要忽略那些訓練。真正的文學，就在你身邊。（師：可以來代言課綱了！）

三、擬古派：前後七子

（前後七子重視優秀的典範，倡讀書，重模仿，對打擊「臺閣體」雍容典麗的文風及掃除八股的惡劣影響有助力）

你討厭寫八股文，但是你真正的個性與創意仍然被你們壓抑著。你們心目中有一種好作文的樣子，可能是你們班某個很會寫作文的人，甚至是補習班反覆訓練的作文教程，那些東西都對你很有幫助，記得拆解他們的養分來說自己的想法，不要亦步亦趨地照作，不然只能寫出來只有軀殼沒有靈魂的作品，而且很容易讓人辨識出來。能夠模仿的，都是表象。（師：真理啊！）

四、唐宋派：歸有光、茅坤

（強調師法史記及唐宋等經典，文章應疏淡自然，情感真摯。）

你一定是閱讀過很多好作品的人。下一個文學觀點很強調個人的風格，前一種主張又過於信奉偶像，你剛好是一個折衷的成功者。你真正知道的寫作手法比別人完整，你的材料也比別人充分，你有想法，而且有足夠的工具把它做出來。這是多麼令人羨慕的事。這一條路很辛苦，但是你知道它值得。（師：真的是這樣！）

五、公安派：三袁

（重性靈，貴獨創，一掃先前復古的散文習氣）

你真的很有個性，但是小心別因為隨興所至，讓別人看不太懂。像〈晚遊六橋待月記〉的文章既不扣題，文章布局又隨性所至，這些都會造成讀者的困擾。

但是性情中人的文章最有趣，歡迎到ＩＧ的世界當個網紅，我一定是頭號粉絲，因為我們只喜歡看有想法的文章，不用起承轉合的規矩，那些好累贅。（師：當代小品美學無誤！）

現在的考試制度讓不少同學誤以為文學史不重要，嫌惡國學常識的僵化，但是，讀歷史，是一面非常好的鏡子。這樣的寫作教學融合文學史，帶著復古風又充滿新意。我想，能夠讓同學們思考寫出自己夢想中的好文會遇到的迷思，也是一堂非常重要的寫作課。袁宏道讓我們認清三件事——

1.不怕與眾不同，只怕沒實力。

2.不怕向大師學習，只怕忘了自己。

3.不怕別人不欣賞，只怕找錯舞臺。

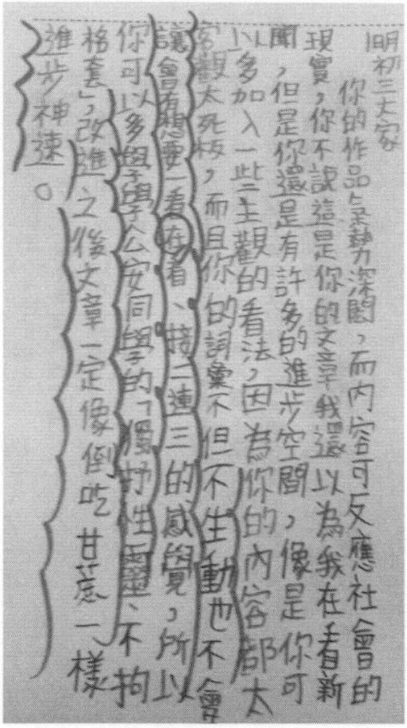
明初三丈家
你的作品氣勢滂礡，而內容可反應社會的
現實，你不諱這是你的文章我還以為我在看新
聞，但是你還是有許多的進步空間，像是你可
以多加入一些主觀的看法，因為你的內容都太
客觀太死板，而且你的詞彙不但不生動也不會
讓會有想要一看再看、接二連三的感覺，所以
你可以多與學公安同學的「獨抒性靈、不拘
格套」，改進之後文章一定像倒吃甘蔗一樣
進步神速。

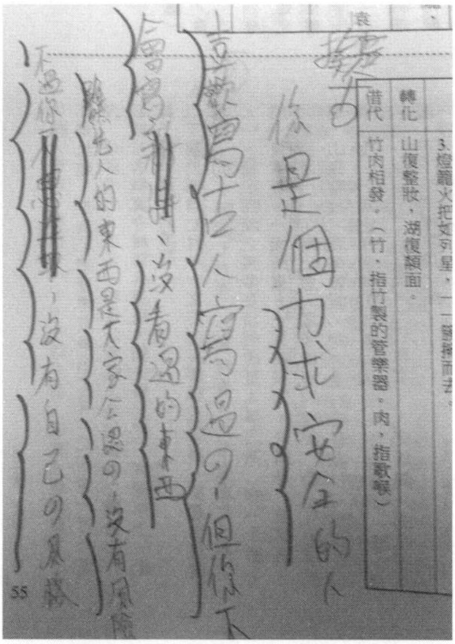
轉化
山復整妝，湖復靚面。
借代
竹肉相發。（竹，指竹製的管樂器。肉，指歌喉）
你是個力求安全的人
喜歡寫古人寫過的，但你不
沒看過的東西
跟先人的東西是大家公認的，沒有風險
沒有自己的風格
55

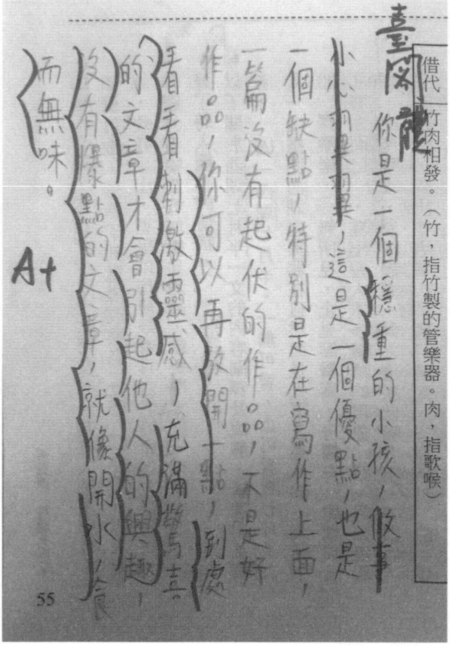
臺閣體
借代
竹肉相發。（竹，指竹製的管樂器。肉，指歌喉）
你是一個穩重的小孩，做事
小心翼翼，這是一個優點，也是
一個缺點，特別是在寫作上面，
一篇沒有起伏的作品，不是好
作品，你可以再放開一點，到處
看看刺激靈感，充滿驚喜
的文章才會引起他人的興趣，
沒有爆點的文章，就像開水，食
而無味。
A+
55

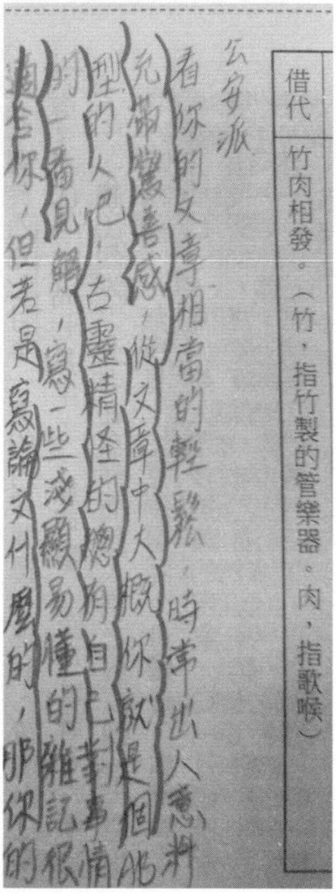
公安派
借代
竹肉相發。（竹，指竹製的管樂器。肉，指歌喉）
看你的文章相當的輕鬆，時常出人意料
充滿幽默感，從文章中大概你就是個AB
型的人吧，古靈精怪的想法自己對事情
的一番見解，寫一些淺顯易懂的雜記很
適合你，但若是寫論文什麼的，那你的

給同學的話

小文青有著抽絲剝繭的耐心，渴望被打動
你說
古人寫的那些，不是你想像中的性靈對話
Taco 老師說
古人正需要有人演繹他們的故事
他們為了理想、
為了環境，身不由己的處境
所以黑特研究的第三個重點任務是——
把自己歸零
讓暖心的你為人代言
你的世界就是跨時空傳奇

肆・廢柴這樣說

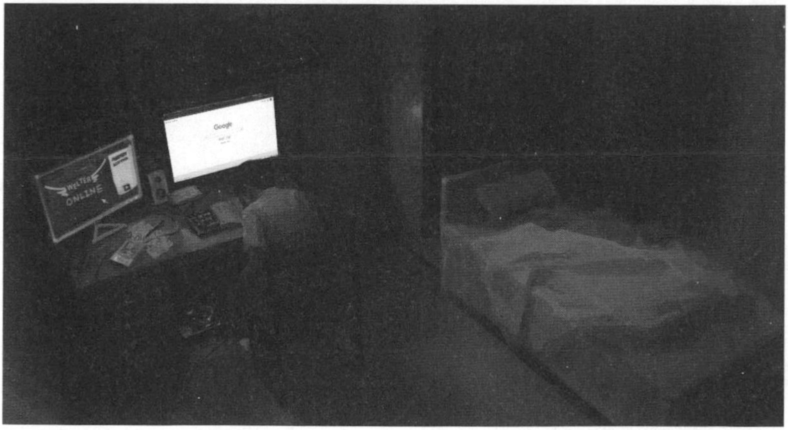

第十六章

老師，我想丟掉這個世界的綠茶婊

〈桃花源記〉

「如果能夠有一個神奇的垃圾桶，把任何東西丟下去，那個東西就會從地球上消失不見，你們會想丟什麼？」

❈

桃花源的平凡與不凡

〈桃花源記〉是高中國文的經典作品，說的是一個漁人誤闖進去桃花源，最後卻沒有任何人再找到過的故事，是一篇寓言性質濃厚的文章。

這「由現實的世界進入幻想中的世界」的「故事原型」，不是陶淵明的專利。與它幾乎同時的劉義慶《幽明錄》收錄了「劉晨阮肇入天台」的故事，而爛柯山的傳說（有一個樵夫遇見兩個人下棋，看完棋之後，發現自己放在旁邊的斧柄朽爛，斧頭生鏽，原來已經過了好幾年了）則早於〈桃花源記〉。十九世紀美國小說家華盛頓．歐文所寫的短篇小說《李伯大夢》，也描寫了一個男人的奇遇。他的老婆很兇，本人則熱愛爬山，在一個老人的指引下，李伯來到山上喝醉歡樂，回到家時發現小鎮都變了。

他們都曾經不小心到了一個陌生的世界，撞見了神秘和美好的樣子。在眾多理想世界的故事中，〈桃花源〉在「異」字上的處理，十分耐人尋味。

漁人是再平凡不過的工作（「凡」），漁人划著船，突然看到一片如夢似幻的景象，兩岸的桃花，綻放春天的美麗，點點的花瓣落在草地上，漁人一邊划船，是不是也有一兩片漂進溪水，繞到漁人的身旁呢？這芳草鮮美、中無雜樹的桃花林，無邊無際看不到盡頭，讓我們陶醉極了（「異」），沒想到這才是前奏曲而已，山還有小口，漁人一鑽進去，洞裡很窄，這個只有一個人的甬道，怎不讓我們對於出洞之後的世界，萬分期待。

但是進去之後，這裡面的世界，一點不特別（凡）。竹子、桑樹、田，男女衣著，悉如外人，沒有天臺，也沒有神仙，這樣的空間比起前面那些故事平凡至極，連剛剛的桃花林，都似乎在對比洞內的風景多麼熟悉平淡。

洞內之「異」，是平凡地活著，簡單、平靜、和諧、老人和小孩都活得好好地，這麼簡單的願望，要特殊的機緣才能看到，對身處朝代更迭的紛亂，勉強做過幾個小官的陶淵明來說，這比成仙還難得。

神奇垃圾桶

文本爬梳將盡，我放了網路瘋傳的〈少數人的晚餐〉給同學看，他們看得很安靜。

我問同學：

「你們看到什麼是『官場』，什麼又是『朝代更替的紛亂與黑暗』了嗎？」

同學們點點頭，表情一時好成熟。

影片中，財閥（小鬍子豬）、司法（捲髮豬）和政黨（另外兩隻豬）的腳都用鍊子栓起來，表示他們之間有利益勾結，有利益可供分贓時，每隻豬露出醜陋的嘴臉，慢慢地，他們搞爛了一個社會，沒有吃剩的東西可以餵另一個階級的人（餐桌下的貓），下層階級爬上餐桌，殺戮，奪權，血流成河。新的政權為了掠奪資源造成社會動盪，唯有任一方獲勝，才有短暫的安定，可惜不久之後，獲勝的一番又快速地腐敗，又有另一批野心家迭起爭奪，這是歷史永恆的規律。

「興，百姓苦；亡，百姓苦」，這樣的亂世，誰不想躲開？

「如果能夠有一個神奇的垃圾桶，把任何東西丟下去，那個東西就可以消失不見，你們會想丟什麼？」我問。

我在黑板上畫了一個大大的方型，上面寫了「神奇垃圾桶」五個字，「ＸＸ，你想丟掉什麼？」我一個一個叫他們上台。為了增加一點遊戲化的元素，他們分兩組輪流上台，我只提醒他們，不要寫人名，要寫概念。

「刻板印象」、「飢餓」、「武器」、「貧窮」……同學一個一個填上去，黑板還有很多空間。一個同學上台，寫了一個「馬」字。大家都很納悶，為什麼要讓「馬」從這個世界上消失？後來，這個同學在「馬」字後面，加了「賽克」兩個字，男生女生統統笑彎了腰。

雖然是個滑稽的舉動，但是同學也跟著往自己更切身的方向想——

「綠茶婊（大陸網路用語「綠茶婊」，指外貌清純脫俗，實質生活糜爛，思想拜金，裝出楚楚可憐，但善於心計靠近男人的妙齡女子。）」

「虛偽」

「排名」

「教育部」

「蚊子」

……

「如果這個垃圾桶真的存在，那麼剩下的世界會是怎麼樣的情景？你想要留在那邊嗎？」我問。

「當然！」有人高聲回答。

「廢」要廢得渾然天成

「老師，這個漁人的品性不好，他最後會出賣桃花源！」她的眉間有厭棄的神色。好入戲的孩子。她接著問：

「陶淵明不讓劉子驥進桃花源，為什麼會讓這樣的人進得去呢？」

她的問題讓我知道，經過上課的鋪墊和闡發，同學們明白桃花源好在哪裡，在那兒，大家都記得自己應該做的本分，不求出名，沒有心計，不用政府，這樣就夠了。想留在桃花源的同學們捨不得它被一個爛人給背叛了。

「老師，不讓太守發現桃花源還有點道理。太守可能是想要去擴大版圖，讓桃花源的人聽命於他，搞更多的稅金，或是單純自己好奇，想看看秦代的後人，也可能兩者都有……」

「那你覺得劉子驥想去桃花源的動機是什麼？」

「劉子驥既然是一個高尚的隱逸人士，他可能只是想要住在那裡。他想要找到一群跟他一樣的人一起生活，為什麼漁人可以受到歡迎，反而他不行呢？」

想要住在那裡，說得真好。

只是，雖然是個高尚的人，刻意做一個好媽媽、刻意談一段感情、刻意去交朋友，都摻雜了太具體的目的，其實，找到自己，往往才是進入桃花源的關鍵。就拿寫作文來說，太刻意把作文寫好，比不上有感而發、真情流露揮灑得開。

這些我都說了，她還是不能接受。

我該怎麼讓她明白呢？

「如果是妳，妳想住在那裡嗎？」

「有人會不想嗎？」

「妳有沒有想過，桃花源裡面的人想嗎？他們是高尚的人嗎？還是都是一些普通的百姓罷了。所謂的『高尚』之上，如果還有一個層次，你覺得那是什麼？」

「你的意思是說：『根本不知道什麼是高尚』，比『高尚』還高？」

這篇文章，是有這個意思。

「我的桃源故事」微小說寫作

既然同學對於寓意的設計有很多想法，不如讓他們自己發揮一下。我發下作業單，請同學由黑板上的詞條選出一個以上，當作自己的桃源樂土上不存在的東西，並依照

時間
地點
人物
進入桃花源的關節
理想世界的風貌
波瀾（轉折）
結局

撰寫一個故事大綱。如果有同學舉手，我就過去解惑。

「老師，我還是不知道『進入桃花源的關節』是什麼東西？」明明課本裡說過了，但是真

的要套用的時候，同學才發現自己沒有全懂。

「老師希望你設計一個故事，故事一開始是寫實的，後來才進入理想世界，中間會有一個過渡，就像《納尼亞傳奇》的『魔衣櫥』、《哈利波特》的『八又二分之一月台』……」

「老師，是『九又四分之三月台』。」

「你點出了一個重要的問題。設計一個讓主角遁入世外桃源的關節，可以讓讀者容易理解你想表達的是一個與現實不同的對照世界。這個關節，可能是一個地點、物品，可能是被撞……，它往往只是為了推動情節的需要而存在，因此到底是『八又二分之一月台』還是『九又四分之三月台』都沒差，但這個關節也可以有點寓意，像是〈桃花源記〉的關卡是『迷路』，然後『穿過一個山洞』。有人說連『初極狹，才通人』也有點含意，它象徵一個人進入理想世界必須忍受一些孤獨。你們可以自由發揮。」

「那結局一定要離開桃花源嗎？」

「不一定哦，你們看過《阿凡達》嗎？男主角連線到潘朵拉星球，納美人純樸、美好、脆弱，最後男主角留在潘朵拉星球，繼續當阿凡達。」

當一九九〇年代〈暗戀桃花源〉巨大的風潮退散而去，在二〇一九年，大環境仍然給我們新鮮而豐富的養分教這一課。

因為同學的發問給我的靈感，並參考李洛克的「V型」和「N型」故事結構，我把「漁人詣太守，說如此」視為故事中後段的波瀾，認定它讓情節由「不足為外人道」後有一個轉折（村人希望保守秘密，結果漁人把它講出去），因此，這個作業的架構要求，呈現五部份的結構（參見下圖）。

由於引導充足，收來的作業有多份令人驚豔，這些課堂上即席的發想，一人一文的寫作，讓我看得津津有味——

睿恆：科學家等高知識份子來到平行時空，不再有時間、種族，思想

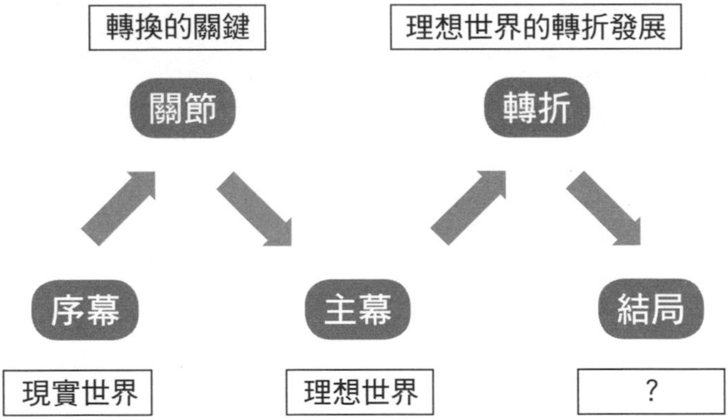

▲檢視〈桃花源記〉「出入理想世界故事結構」並請同學仿寫，意外收來不少寓意深遠的故事。

隔閡，人們正向主動。可是沒有多久他們發現，這個時空是因為有大量的天災，人類才會這麼團結積極，他們無法忍受一而再，再而三的災難，決定回到地球。（師：理想世界，是生存壓力很大的世界！太妙了，這是哪個哲學家寫的？）

紘齊：男子來到桃花源，有一天，他突然感到難過，不禁落淚，大家都溫暖陪伴，但完全不能理解什麼是悲傷，他最後決定離開這個令他感到虛無的地方。（師：這讓我想到有一篇文章〈親愛的你可以悲觀〉。）

還有好幾篇，都是結構成熟，內容深刻的好故事。（參見下頁圖）

我並不那麼想廢

下課後，換男同學來找我——

「老師，妳會想留在桃花源嗎？」

「可能不行，我有家庭、孩子、父母，有朋友，那裡雖好，但是現實生活坎坎坷坷，也有一種趣味。你呢？」

「如果他們需要我，我就留下來，我希望留在我可以幫得上忙的地方。否則就離開。」

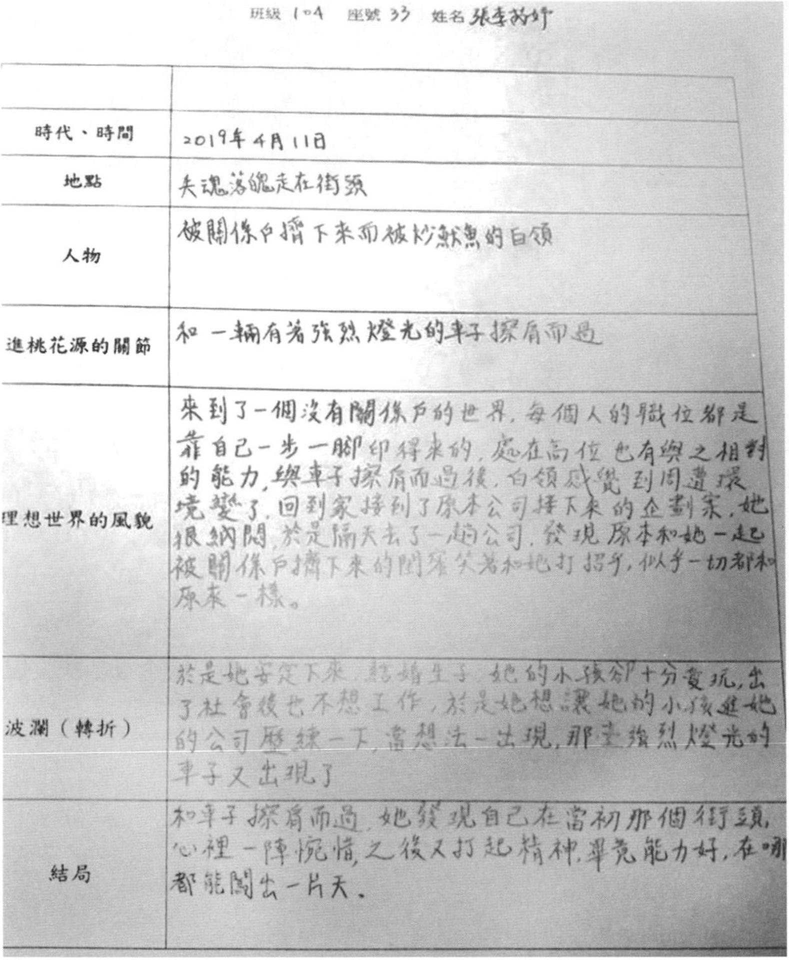

班級 104 座號 33 姓名 張李芮妤

時代、時間	2019年4月11日
地點	失魂落魄走在街頭
人物	被關係戶擠下來而被炒魷魚的白領
進桃花源的關節	和一輛有著強烈燈光的車子擦肩而過
理想世界的風貌	來到了一個沒有關係戶的世界，每個人的職位都是靠自己一步一腳印得來的，處在高位也有與之相對的能力，與車子擦肩而過後，白領感覺到周遭環境變了，回到家接到了原本公司接下來的企劃案，她很納悶，於是隔天去了一趟公司，發現原本和她一起被關係戶擠下來的同事笑著和她打招呼，似乎一切都和原來一樣。
波瀾（轉折）	於是她安定下來，結婚生子，她的小孩卻十分貪玩，出了社會後也不想工作，於是她想讓她的小孩進她的公司歷練一下，當想法一出現，那輛強烈燈光的車子又出現了
結局	和車子擦肩而過，她發現自己在當初那個街頭，心裡一陣惋惜，之後又打起精神，畢竟能力好，在哪都能闖出一片天。

▲芮妤這篇轉折自然，寓意也很好。

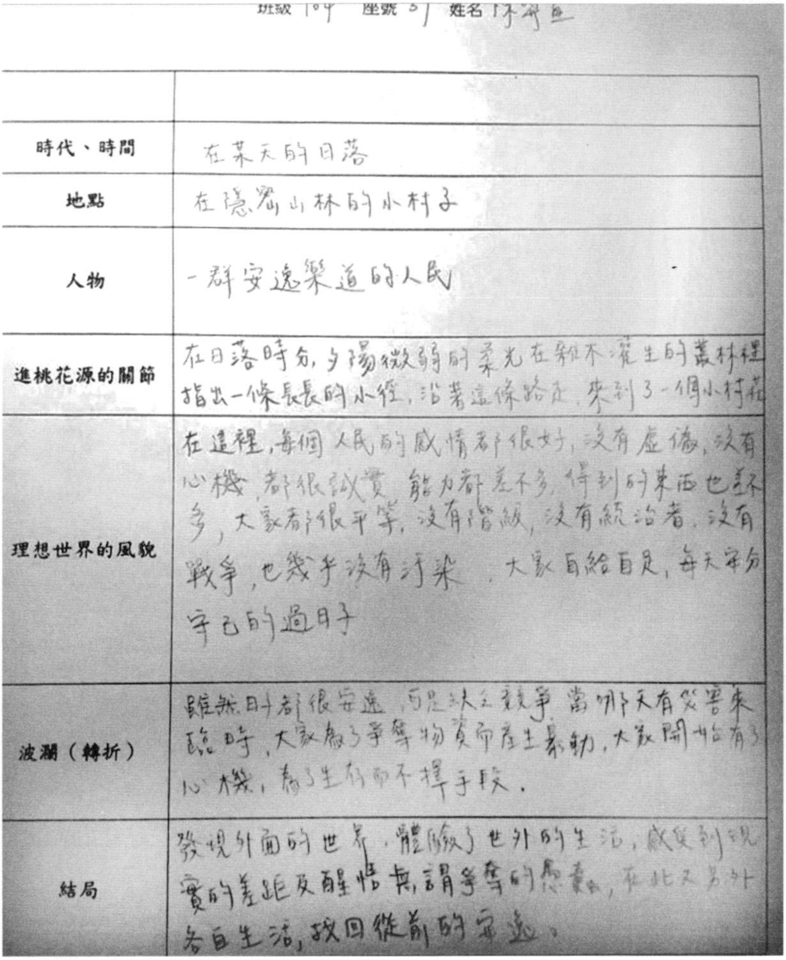

班級 104 座號 31 姓名 林羿萱

時代、時間	在某天的日落
地點	在隱密山林的小村子
人物	一群安逸樂道的人民
進桃花源的關節	在日落時分，夕陽微弱的柔光在雜亂不齊生的叢林裡指出一條長長的小徑，沿著這條路走，來到了一個小村莊
理想世界的風貌	在這裡，每個人民的感情都很好，沒有虛偽，沒有心機，都很誠實，能力都差不多，得到的東西也差不多，大家都很平等，沒有階級，沒有統治者，沒有戰爭，也幾乎沒有污染，大家自給自足，每天安分守己的過日子
波瀾（轉折）	雖然日子都很安逸，可是缺乏競爭，當哪天有災害來臨時，大家為了爭奪物資而產生暴動，大家開始有了心機，為了生存而不擇手段。
結局	發現外面的世界，體驗了世外的生活，感受到現實的差距及醒悟其，謂爭奪的愚蠢，在此又另外各自生活，找回從前的安逸。

▲羿萱這篇提出了桃花源不同的結局，也極發人深省。

這個孩子的答案跟女同學相反，概念也跟陶淵明相反。這答案有利他主義的意涵。

同學以批判性的思考（如果不照作者說的做也不錯：改變條件，評估發展）來閱讀理解，得出我完全沒有想過的答案——

「而且，老師，我覺得桃花源裡的人，讓漁人被外人知道也並不壞。」

「我不懂。」

「我覺得，他們可以讓更多的人思考桃花源的樣子，然後，在別的地方也做一個桃花源。」

這想法真是令人眼睛一亮。

「他們可以派人接受訪問，提醒世人戰爭和紛擾其實很無聊。」

「你很入世。」他無邪地笑著。

我這時才覺察到：發生了什麼問題，如果只想找一個桃花源躲起來，是很消極、很駝鳥的做法。〈桃花源記〉在陶淵明眼中，應該是「放棄、放下、擺脫」的隱喻，但是在這個同學眼中，如果只是躲起來太獨善其身了，找個桃花源躲起來甚至可以解讀成「逃避、不負責任」。男同學繼續說著自己的想像，還提出配套措施，例如可以嚴格限制參訪人數，一年一個人進去云云，有人竟然會想「把桃花源變得很有教育意義」！這個想法，讓我更深切覺察到我們的內在可能潛藏的避世思維。

別把自己搞得太累
一起廢

第十七章

老師，作文要是有公式就好了

（起承轉合）

那天又講完一篇古文的章法結構。同學跑來找我。

「老師，寫作文有沒有幾個公式，讓我們可以練習呢？」

從同學的口氣我知道他不是認真的，他只是想表達自己對數學、化學……等等解題流程清楚的學科比較有把握，在作文上有無力感。

如果在年輕的時候，我有可能會想矯正這種投機心理的道理告訴他：期待有公式，反覆練就可以拿高分？拜託，寫作來自生活觀察＊︿％＊＄＆︿＃％。但是年紀漸長，我們也更懂得琢磨精巧的語言鑰匙，嗒啦一聲，打開他的心。

「作文雖然沒有公式，但是我可以教你們怎麼導公式。」我順著他的話說。

「真的假的？」

「我先問你，什麼是公式？」

「就是有一個式子，把數字代進去，就會算出答案來。老師妳太矛盾，沒有公式怎麼導公式？」

他一聽到「公式」，很期待我要說什麼，看似不合邏輯的話，也讓他有些激動、懷疑。

「你先別急，你再回答我一個問題，有沒有哪個數學老師跟你們說過，導公式比背公式重要？」

我很感謝。他說：有。謝謝這個注重素養教學的老師，您是我們的好夥伴。

我的寫作課程，有兩套。其中一套，我戲稱是拿來「解決舊問題」的，另一套課程是為因應一〇七年開始的國寫重視情境和知性思辨的試題而設計，我常說是用來「解決新問題」的。

這個安排本身點出了現在寫作教師們的艱難處境，同學們的傳統作文都寫得不出色了，新式的命題，更是給他們一個大挑戰。

「就拿『起、承、轉、合』來說好了……」

「起承轉合」就是標準的「舊問題」，中低程度同學常用三言兩語就把話說完，「文章無法開展」；或是剛好相反，次要的敘述太多，扣題不緊，「呈示主題過晚」。光一個起承轉合，就把學生難倒了。

「為什麼要『起』？『起』就像一部電影的預告片。」

「預告……啊，難怪老師說第一段『不能寫太長』，預告就透露一點點，又不要把內容爆雷，目的是吸引觀眾往下看。」

「是的，這也正是為什麼第一段應該『透露作者審題立意的方向，不要重述一次題目的引導語』，一直重複片名是沒有太大意義的，在首段，應該開展一點點，又不要太多，用名言錦句、實例故事、畫面刻畫……來『起』，都是為了達到『預告』效果設計出來的解決辦法。戲不要唐突地就開演，你給點訊息，吊個胃口，大家有了興趣再讓故事正式登場。第一個段落，是個預備段落，即便是開門見山，也只能先看原則，看表面。」

「『承』就是事件的核心，應該具體交代主題，不然就像戲一直無法開演一樣令人焦躁，然後，一直照本宣科太無趣，要提出『轉折』。」

「是，最後，末段一定要讓人有一種前面的文章全部在這裡統合起來的感覺。前面出現過的人，不能讓讀者看到後面，不知道那個人到哪裡去了，作者忘記交代他的結局。」

「哈哈，所以，前面的關鍵字、論點或是畫面，要想辦法在末段交代他們最後的答案，就像誰活著，誰死了，男主角和女主角最後有沒有在一起，總要在片尾有一些總結或暗示一樣，換言之，要統整論點，歸納前面的素材的重點是什麼，或是提出結束的畫面。」

「賓果。」

「於是，為了『預告→主題→轉折→結局』，古人就歸納出了『起承轉合』四個字作為公式。」

不，這不是公式。

起、承、轉、合，我們可以想像成四個籃子，如果起承轉合是個公式，把題材代進去就會得出正確答案，但是其實不然。

樣。

我們不談複雜的小說撰寫，我們就說六百字的短篇。同樣的起承轉合，換個人寫就完全兩樣。

就拿老師最近改到一篇，同學回憶小時候在兒童樂園跟爸媽走散的故事來說好了。

「如果是你來寫這個故事，你怎麼寫？」

「就第一段從家裡出發，第二段去遊樂場，第三段走失了，最後找到爸媽了。這不就是『起承轉合』了嗎？」

「實在是沒有味道的『起』，你怎麼不先預告後面會走失呢？」

他看著我，一陣沉默。

「要埋伏筆。」他用幾乎是自言自語的口氣說。我覺得他懂了什麼是「預告」了。預告全文的高潮，或是預示末段的觀點，都是更好的首段。

可是另一個關鍵是「轉」，他的轉折完全沒有給我們轉折感。

「『走失』的情節，如果放到第二段，第三段開始刻畫旁邊的叔叔阿姨問她爸媽手機電話幾號啊這種場面，你覺得如何？」

「好像沒有什麼不同嘛？」

「可是她看到一堆陌生的大人，哭得更大聲了，就在這一片混亂中，有一個很小的小男孩，用還顯得有點笨拙的小手拍拍她的肩膀說：姐、姐，勇敢，不要哭哭。」

「哦，這個轉折好清楚。竟然有一個小男孩出來安慰她。」

是，突然間，這個一時陷入恐懼的小女孩不哭了，臉上還有淚，但是口中一個數字一個數字地背出爸爸的手機號碼，很快地，大家聯絡上她的父母，她回到父母的身邊。對一個小女孩來說，所有沉穩的情緒安撫都不如一個更無知的聲音，這個反差讓讀者去思考，我們常常覺得自己還很小很脆弱，但是在某些人眼中，我們已經夠成熟去處理很多事了。

也許我們的生命經驗中，並沒有一個這樣的小男孩，可是，起承轉合不是一個公式，你照著這樣做，不一定會得到你要的效果，你要知道它背後怎麼導出來的，所謂的「轉」，也就是——不能讓讀者在這個段落中，完全沒有一點意外——因此，你可以在這個段落中，

1. 改變筆法：如：前面是事例敘述，第三段進入論述

2. 改變視角：如：前面是大人觀點，第三段是年輕人觀點

3. 改變詳略：進入焦點，用更緩慢的鏡頭，更多的細節，飽滿、詳細描繪實景或心理

4. 正反論述：前面陳述支持性觀點，後面是辨證思考

5. 設計轉折：意外的發展，有力地故事轉折

「老師，我有不會寫的題目，妳都可以教我怎麼導公式嗎？」

「那你先告訴我，明明沒有公式，為什麼要導公式？」

「老師希望我們知道背後的原理。」

嗯。那是美學的原則：變化，是關乎節奏，關乎虛實，關乎因果變動交錯的巧妙安排。

寫作可以有無數方案，真的弄懂大師建議的方案背後的道理，你就會掌握寫作的概念，如果只想把方案當公式反覆套用，則是偏離素養最好的辦法。

第十八章

老師，我也不想虛構，可是沒辦法啊

〈項脊軒志〉

「哈，如果妳現在立刻出一個『失去』當作文題目，我還是會想到祖父母的死亡。」
「老師，妳覺得作文可以虛構嗎？」
「我不說『虛構』，我說『提煉』。」

❁

「老師，妳好像很喜歡〈項脊軒志〉？」
「你不喜歡嗎？」
「嗯，還不錯啦。老師妳最喜歡哪一句？」
「余泣，嫗亦泣。」
「啊，我根本不記得有這一句。」
「其實這句沒有特別好，只是我一直想不通一件事，它正好告訴我答案。」
會注意到這一句，還跟我去看了〈艾莉塔：戰鬥天使〉這部電影有點關係。
這部電影一開始，失去記憶的女主角艾莉塔不知道自己原來是一個超級戰士，具有超強的戰鬥能力，初看到她的人只感覺她是一個需要保護、柔和純真的女孩。在一次偶然的情境下，她面臨強大的敵人，激發出巨大的力量，後來對手不斷的增強、增多，她發現自己還能夠更強大，完全不知道自己的極限在哪裡。

電影中後段有一幕，她從殘忍的對手手中奪下致命的武器，決定要和強大的敵人正面對決，她滴下一滴淚，電影用慢動作處理，那一滴淚經過空中，她揮刀把淚切成兩段，決心挑戰更殘暴的凌虐。

我看到這一幕的時候，內心很受到觸動。我突然想起我一直很怕看到同學的作文中提到有人流淚，同學往往把這個場面處理得很差，這些提到自己或別人哭出來的作者，不少都是有切身經驗的受害者，身為他們的老師，我似乎應該跳出作文，去同理他的感受，但是那些淚水明明刻畫得很令人倒胃。

眼淚是一個很極致的情緒，我們看過好的作品，能夠讓別人痛哭流涕，自己卻寫得行雲流水、娓娓道來，再看失敗的作文，自己寫得很難過，看得人也是『痛不欲生』，真的看不下去。關鍵究竟是什麼？

「你最近一次『泣』是什麼時候？」

「在網路上被人貼文攻擊，我很氣。」

「我們在改作文的時候，如果要同學寫很大的痛苦，大部份都是寫祖父母的死亡。」

「哈，如果妳現在立刻出一個『失去』當作文題目，我還是會想到祖父母的死亡。」

「問題就出在這裡，真正會把我們的眼淚逼出來的，往往是下個禮拜或下個月就可以淡忘的事，當我們真的遇到很大很大的衝擊時，其實我們反而會有一種剛強。」

「老師，親人死亡，真的會很難過才對啊？」

我們姑且不談英雄電影中那種面臨死亡威脅的悲憤與剛毅，或是真實生活中重要他人死亡時的強烈拒絕，因為同學很少有那種經驗。我們就說同學很常寫的一種版本，說的是從小帶他長大的祖父母過世，這樣的題材對讀者來說，仍然很不公平。

「老師問你，你的阿公過世，和你同學的阿公過世，哪個會讓你比較難過？」

「當然是自己的阿公。」

那就對了，死掉的不是讀者的阿公，如果讀者也跟你一樣，親眼見過死者，跟他說過話、吃過飯，跟他因為同一個笑話而捧腹過，讀者與他會有類似朋友的情感，他的死會令讀者比較有感。作者和讀者對於死亡事件的認知在天平的兩端，明顯傾斜，我們要把這個天平拉平。積極面來說，是給讀者與死去的主角一定程度的相處感，讓他們跟這個死者建立關係，產生細膩真實的互動經驗，讓他死的時候，使讀者跟失去自己的親人作聯結；消極面來說，是一旦要寫這麼大的感情，用微小的不舒服切入。

我問同學，整篇〈項脊軒志〉，她印象最深的是哪一句？

「最後一段吧，就『庭中枇杷樹，是妻死之年手植，今已亭亭如蓋』那一段。」

你看，親身經驗的人覺得最難過的事，和讀者最感同深受的，是兩回事。妻子過世的當下最痛，但是最催淚的卻是舊地重遊。

處理大悲的題材關鍵有兩個：一要舉重，二要若輕。真的有很大的悲傷，但是拿小處下筆。我們看到一棵歸有光的太太在世時所種的琵琶樹，長到這麼大棵了，感受到微微的悲涼。提供那麼多次要的細節，所有的迂迴，讓讀者在不知不覺間與亡者弄熟，才能「讓讀者湧現類似失去自己親人的難過」。

又如〈項脊軒志〉的第三段，老嫗偶然回想起有光八歲的時候就失去的母親，剛開始的時候，老歐巴桑只是聊聊當年她曾經站在項脊軒的什麼地方，或是形容媽媽開口問一下小嬰兒餓了冷了尿布溼了這種關心，都是再瑣碎不過的生活細節。敏感的歸有光掉了眼淚，老嫗也忍不住掉淚。

「你覺得老嫗為什麼要哭？」

「妳不是說歸有光他媽對下人很好嗎？」

「我是問你為什麼『此時此刻』會哭出來？那天不是母親的忌日，他們不是在母親的墳前，也沒有目睹母親的遺物，為什麼要哭？還是我該這樣問：先哭的是誰？」

「老師，我懂了。是因為歸有光哭了。啊，老師，歸有光從『亦』這個字，說出了情緒的感染。」

我都還沒有想到「情緒感染」這一詞，倒是被同學說得精準。的確，這「余泣，嫗亦泣」，是有情緒的流動和感染。而且，

瑣事堆疊一：老嫗想起歸的母親（當年的主人），沒有哭；

瑣事堆疊二：歸有光聽老嫗想起母親，沒有哭；

瑣事堆疊三，淚一：歸有光聽老嫗提到母親對姊姊很好，想到自己所錯過的（或曾享受過的丁點）母愛，忍不住掉眼淚；

瑣事堆疊四，淚二：老嫗看到有光的敏感，觸動了她對兩代的深厚感情（註：其實是三代），忍不住也哭了。

日常生活中的小事，林林總總，堆疊出我們所認識的歸家三代的圖景。那個感染很真，我們讀來不會哭，但是更進一步理解老嫗和歸有光的家庭氣氛，跟他們又親近了一層。

所以，如果有一個同學過世了，你要表達你的難過，除了A畫面，你也能寫寫B畫面——

A大家都很捨不得，一起參加他的喪禮

B他過世很久之後，有一天你幫老師發作業，突然看到他的作業，你忍不住翻開，有好幾頁是你借他抄的，你看著他的字，忍不住想：他永遠不會再來跟你借作業了。

如果要寫你們很喜歡一個老師，你要表達你們對她因病提前退休的不捨，除了A畫面，你也能寫寫B畫面——

A大家寫了一張卡片送給她，為她辦歡送會，大家都跟她抱一抱

B老師請假之後的第一天，同學早自習記得老師交代的規矩，午休也記得老師交代的規矩，但是漸漸地，掃地的時候開始有人不肯好好打掃，衛生股長在班會時跟大家說：我們再怎麼玩，老師也不會回來罵我們了。

「老師，我懂了。繞個圈子，才說得出更緜密的憂傷。」

什麼樣的眼淚最珍貴？還有一個思考是：「捨不得讀者哭」。用盡一切的努力，不許你哭的人，是最心疼你的人。再大的事，你輕輕放下，捨不得讀者哭，反而給讀者更大的情緒空間。過於刻意會使人覺得粗率淺薄。

同學突然有一陣沉默，過了許久，說：

「老師，妳覺得作文可以虛構嗎？」

「我不說『虛構』，我說『提煉』，同學不懂得『提煉』你的人生，最後只好虛構一個故事。也許為了寫作文，往往要加一點點東西串成一個自成首尾的故事，不過加上去的東西，也是從別的類似經驗裡『提煉』過來的。有時候同學看某些作文似乎因為虛構得到高分，我們可能弄錯了重點。他的作文能夠成功打動我們，必然是因為他善於提煉真實經驗和閱讀經驗，把素材合理自然的合成，藉此道出了細膩的感受或想法。不是因為他寫了一個比平凡人生特別些的故事那麼簡單而已。」

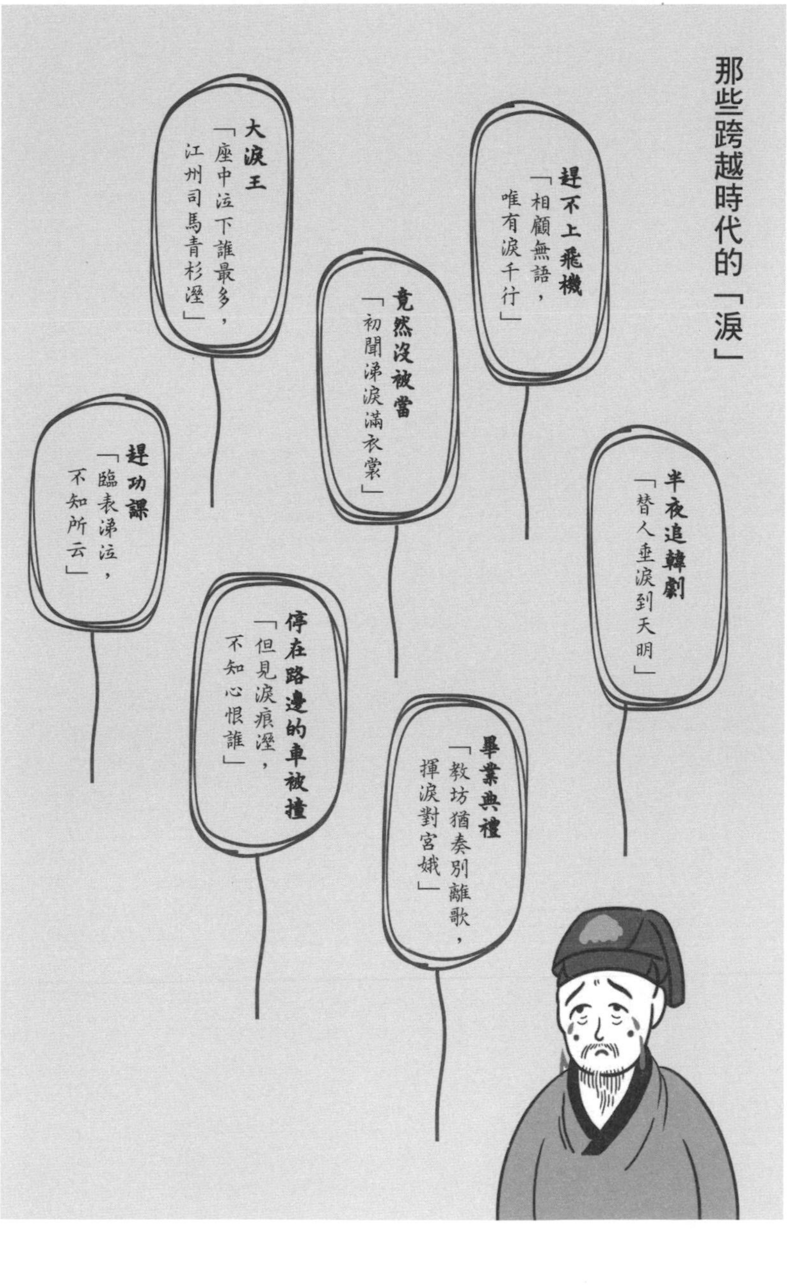
那些跨越時代的「淚」
趕不上飛機 「相顧無語，唯有淚千行」
半夜追韓劇 「替人垂淚到天明」
竟然沒被當 「初聞涕淚滿衣裳」
大淚王 「座中泣下誰最多，江州司馬青衫溼」
畢業典禮 「教坊猶奏別離歌，揮淚對宮娥」
停在路邊的車被撞 「但見淚痕溼，不知心恨誰」
趕功課 「臨表涕泣，不知所云」

第十九章

老師，原來這是去開趴

〈赤壁賦〉

「心，暖了又灰／夢，做了又碎／
不知道為什麼／
愛，又稀少又昂貴？」

〈赤壁賦〉是蘇軾到黃州夜遊的遊記，由於洞簫客唐突地吹奏一首很掃興的悲傷樂曲（笑），兩個男人意外地敞開心胸，談到了人生的無奈，還有變與不變這個經典的思考。

這麼感性的時刻，如此高檔的哲學思辨，我面對天真又浮躁的同學們，決定用輕鬆的節奏切入，沒想到效果特別好。

像偵探一樣思考

「各位同學，」我的語調故作神秘。也許該帶一支放大鏡應景。

「請你們把：『壬戌之秋，七月既望，蘇子與客泛舟遊於赤壁之下。』這一句話，當作破案的線索，說明這個故事的當事人大概是一個怎樣的人？」

雖然沒有 007 的配樂，過程仍然刺激。

作為一個心靈的偵探，每一個線索都不能放過。

1.「壬戌年」（我先做了點示範）

壬戌年就是……神宗元豐五年。他是元豐二年被貶到黃州來的，所以，是第三年或第四年，那麼，**【推論】**——他已經變習慣團練副使的工作（賦閒冷清）了。

2.「秋天」、「七月」：七月的秋天，那是「初秋」，所以，**【推論】**——『老師，那是悶熱的夏天結束，變得比較涼爽的時候。

（師：很好。）

3.「既望」：既望就是每個月的農曆十六號，所以，**【推論】**——這一天的月亮會又大又亮。（師：這個偵探找到很重要的線索。後文的「月出於東山之上」、「盈虛者如彼」、「江上之清風，山間之明月」，在第一句已經埋了伏筆。）

4.「蘇子與客」：蘇東坡帶朋友去，他不是一個人。**【推論】**——蘇東坡沒忘記呼朋引伴，一起同樂。

（師：沒錯，而且這個朋友，還帶了支洞簫上船。）

5.「泛舟」：泛舟可以查出什麼線索呢？「半夜划船，明明什麼風景都看不見，所以……」

【推論】——他們只看得清楚月亮倒映在江面的月影，其他的看不清楚。

（師：實在越來越有意思了。）

6.「遊」：他們泛舟出去，做了什麼呢？

①吹風、②吟詩、③賞月，④遊戲：「縱一葦之所如，凌萬頃之茫然」——把槳收起來，放任船在長江上漂流。

（師提示：鐵達尼號搬演過這個場景，ROSE站上鐵達尼號的船頭，風好大，吹動她的頭髮，雖然有點害怕，但是她很興奮，說了一句：I'm flying! I'm flying! 蘇東坡只不過幫她翻譯成文言文：飄飄乎如馮虛御風＝I'm flying! ⑤其他：如果檢視這篇文章的「物」（「人事時地物」的「物」），這一趟夜遊的準備，實在非常周全，該帶的都帶了：他們的船上，除了人、槳，還準備了「酒」、「肴、核」（滷味和水果都帶了），前面提到的「朋友」，還帶了洞簫上船，換言之，這是開船前先去小七買了幾包的零食、夜市的小吃，和一手的酒上船，準備開趴啊！）**【推論】**——相與枕藉乎舟中，是因為原本沒有打算過夜，最後喝開了乾脆睡船上。

7.「遊於赤壁之下」：為什麼去赤壁划船？『是因為那裡很有名？』越來越有意思了。沒有錯，〈念奴嬌〉就有一句「人說是：三國周郎赤壁」，黃岡赤壁是當地人津津樂道的偽古戰場。那裡是有名的景點。【結論】——他們開趴，而且是到象山、碧潭、寶藏巖那種特別的名勝旁邊去開。

像輕小說讀者一樣思考

各位偵探總結一下，當事人是一個怎樣的人呢？

我希望你們用很口語的話來形容蘇東坡，收拾對於作者的敬畏感，不把對方當作大師膜拜，相反地，我們先把他世俗化。情意的閱讀上，我們試試把大師從高高的舞臺上請下來。

像是：

1.東坡先生正在從人生的低谷往上面一點點的地方爬。

2.東坡先生是一個超級 high 咖，找有名的景點看夜景，吃喝玩樂。

3.東坡先生喜歡詩。（〈赤壁賦〉一遊，就至少吟了三首詩。）

原文	人事時地物	呼應後文	確認
壬戌	年		神宗元豐五年。他是元豐二年被貶黃州，所以，這是到黃州第四年左右。所以……
秋	季節		秋。那是悶熱的夏天結束，變得比較涼爽的時候。所以……
七月	月	月	農曆十六。中秋節前一個月圓。所以……
既望	日		
蘇子與客	人		蘇東坡帶朋友去，他不是一個人。所以……
泛舟	事	江	半夜划船，所以……
原文	（物）	舟——櫂 洞簫 酒 肴——杯盤 核——杯盤	
赤壁之下	地		這是個名勝，所以……

1. 他已經鑾習慣團練副使的工作（賦閒冷清）了。
2. 他們挑了很好的天氣出遊，還選在夜晚，很刺激。
3. 這一天的月亮會又大又亮。
4. 呼朋引伴，一起同樂。
5. 他們只看得清楚月亮倒映在江面的月影，其他的看不清楚。
6. 原本就有來這裡發思古悠情的念頭。
7. 相與枕藉乎舟中，是因為原本沒有打算過夜，最後喝開了乾脆睡船上。

4. 東坡先生喜歡音樂。
5. 東坡先生喜歡交朋友。
6. 東坡先生是一個好的聽眾。
7. 東坡先生不主動跟人談哲學。

「老師，他真的很調皮。」同學是說放船漂流，亂吼著「I'm flying!」的部分。

「好，那我們加上**8. 他很調皮。**」

我想，講義裡延伸閱讀的佛印故事，將會讓他們知道蘇東坡比大家想像的還皮。

「老師也希望大家想一想，這些特質與所謂的曠達之間的關係，坦然面對橫逆的能力，和我們平常生活的方式有關。」

像專欄記者一樣思考

情意閱讀，需以知性思考為輔。有一關，是專欄記者。

專欄記者做三件事：「指出現象，提出問題，評論事件」。

請你們報導烏臺詩案，但是也請大家藉古鑑今，對照「白色恐怖（連結第五課作者陳列的故事）」和「〈一桿稱仔〉裡的日警霸凌」。

像受過傷的人一樣思考

玩，有很多種。

有些人，沒有遠大的抱負，那是廢，就像陶淵明晚年，他回歸田園，刪掉自己內心裡幾個太佔空間的程式，雖然功能變弱，但運作起來變得很順；有些人，則如東坡到黃州，他心情很惡劣，覺得這世界沒道理到極點，氣得冒煙，狼狽不堪，還能看山是看，看水是水，他是一支被摔到故障的手機，殘缺不全，灰頭土臉，還能讓自己回復原廠設定，可以滑得動，那叫療傷止痛。

「那樣的玩，展現了巨大的正能量～」我的口氣刻意認真，大家都笑了。

為了體會這樣的正能量，，我們召喚受過傷的心靈去思考。觀察自己一個類似的傷痛。

孫燕姿有一首很紅的歌曲，有幾句歌詞是這樣的——

「心，暖了又灰／夢，做了又碎／
不知道為什麼／
愛，又稀少又昂貴？」

畫家陳澄波、醫師潘木枝等人只是喜歡藝術和樂於工作，因受命擔任和平使組成二二八事件處理委員會，一去不回，最後在嘉義車站被槍決。前者，太太去領回丈夫屍體，後者的二兒子去營救也中彈，三兒子去收屍，內心無法接受，最後也得了精神疾病。「我的父親連罵小孩都沒有過，他是一個仁醫。」

蘇東坡的兒子蘇邁和蘇過，差一點就要經歷這些。

被貶謫的人，對政治都曾經很熱血，為了改革，為了怎麼改，寫奏章，找夥伴，直言不諱。堅持、氣憤。

為了所謂的百姓離家開會。

為了所謂的夢溫暖守候。

白色恐怖的年代，因為意見與態度與當權不同，甚至幾句若有所指的話也會惹來情治單位關心，坐牢，判刑。

秦得參，借了一桿稱仔，趁著過年賣點青菜，想給家裡的妻子小孩過個像樣的年，前幾天都沒事，結果遇到一個日本警察，也沒有怎樣，莫名其妙就進監獄當了犯了。

蘇東坡，實際經歷了類似的遭遇，莫名其妙成了犯人。

「天亮了又黑，我過了好幾歲／
我拉住時間，它卻不理會／
有沒有別人，跟我一樣很想被安慰？」

「你們曾經覺得不公平嗎？」

「你們曾經覺得『很』不公平嗎？」

「很多啊！一直抽到爛座位！體育課一直遇到下雨！一拿手機出來剛好教官就過來……」

「我們沒有做錯事，卻排到一個很遠又累的打掃工作，一做就要一年。」

像陽光一樣思考

最後，這一次段考要默第五段：「客亦知夫水與月乎？」那一天，我讓他們小考。

他們乖乖默寫的這一段文字：蘇東坡用「變與不變」的道理，和「江山清風」、「山間明月」勸洞簫客：無論如何，眼前的風那麼涼，月那麼明亮，我們不享受，才是對不起自己吧？人生的成績單就算寫滿了紅字，還是要記得玩，天地都不會禁止我們去。

這些，是蘇軾為滿滿的負能量的洞簫客寫的，也是寫給自己的。

暖心都成了灰，還是應該好好地出來玩，看看月亮吧！

他們把這段話默好默滿，我請他們在答案卷上順便告訴我：你們曾經安慰別人嗎？像蘇東坡安慰洞簫客那樣？

他們是誰？發生什麼事？你們又怎麼安慰他呢？

「加分題！」

他們寫寫寫：同學會考考不好，被父母痛罵，我陪他，安慰他。

他們寫道：同學因為社團處不好非常難過，我告訴他他有很多優點，希望他站起來。

有人寫道：同學比賽成績不理想，我陪他彈吉他，唱一些歌給他聽。

有人寫道：同學因為社團畫宣傳單竟然沒有畫到他很難過，我看到簡訊立刻打電話過去⋯⋯

「嗯，你看到簡訊時，也是『愀然變色而問客曰』耶⋯⋯」我說。

「那我們的外掃區呢？那個有時候一天就可以掃掉兩大桶的落葉的階梯。我們還是要好好掃嗎？」

「唉，橫豎都是沒有獎金，隨便掃一掃好了。」

「老師自己辦一個打掃模範生獎，鼓勵特別認真的同學，好不好？」

同學先是覺得很不賴，後來有同學就搖搖頭。

「算了啦，老師。不要為了拿獎掃地啦，同學一起掃，掃出感情了。還好啦！」（陳秉戎）

釋懷了的他們，又是天天拿著長長的竹掃把，走過一整個中庭去掃一個低窪的小（厚厚的落葉）廣場。

那掃把我拿過，很重。

「就拿我們的外掃區來說，拿獎與不拿獎，是盈虧的表象，那麼這個表象後的本質是？」

「責任。」

「友情。」

「清爽。」
「生活品質。」
雖然被編派到江湖，付出的跟收穫的不成正比
但是，掃乾淨還是蠻有成就感的。
就這樣吧。
放下。

像出版社行銷企畫一樣思考

看完一篇充滿感人力量的文本，回顧我們最初怎麼被吸引，中間怎麼被帶領，事後如何產生情緒的漣漪不斷回味，讓我們不僅得到共鳴，進行這樣一種跳脫的思考，可以增進一個人的文字行銷思維。

「它為什麼會成為暢銷經典？」

什麼樣的作品，有成為爆文的條件呢？

白居易也曾意識到作品的行銷市場現象，關注他的「感傷詩」（例如〈琵琶行〉）比其他

類型的作品更容易讓讀者接受，與他原先的期待不同。（〈與元九書〉）

「因為寫的人很有名嘛，自然就有很多點閱率。」

「有名的人就算打個噴嚏也有人討論吧！」

這樣太淺了。我們把同一個人的作品攤開，去想一想，〈赤壁賦〉讓你被它吸引的原因何在？

1. 有一個清楚的論點：提出「變與不變」的說法，蠻有道理的。

（師：終於聽到一個很建設性的意見。帥啊！）

2. 利他：他想幫別人走出情緒低潮。我喜歡蘇東坡，他很暖。（暖男暖男）

（師：我倒是從來沒有想過這一點，可是很多爆文真的都是這樣耶。）

3. 很會說故事：有論點之外，還會說故事，讓人看起來不會累。

（師：好強哦，也許不必「很會」說故事，但是故事真的很加分啊！白居易也是。與他各類詩相比，最膾炙人口即是〈琵琶行〉與〈長恨歌〉兩篇敘事長詩）

4. 融合性的筆觸：人物刻畫、敘事、抒情，都寫得很細膩，文筆很好，很自然地被他吸引。

我翻開《寫作是最好的自我投資》，它說：「每個讀者在接收資訊時都會產生一股心流……你寫文章的時候，要創造一個夠高夠長的滑梯，而且把整個滑梯和扶手都塗上潤滑劑。讓人停不下來。」

看了〈赤壁賦〉，我對這段話有了更新的體悟。

爆文的基本要領之一其實寫在課本裡反覆出現：融敘事、寫景、抒情、議論於一爐。

所謂的「長」不是文章長，而是做一個好的滑梯。

其實「變與不變」的道理，放在哲學書裡天經地義，然而它出現在這麼一個順順的「溜滑梯」裡，一個有起伏，有遊戲，有美景的故事裡，從此洗腦般地深深地烙印在我們心中。

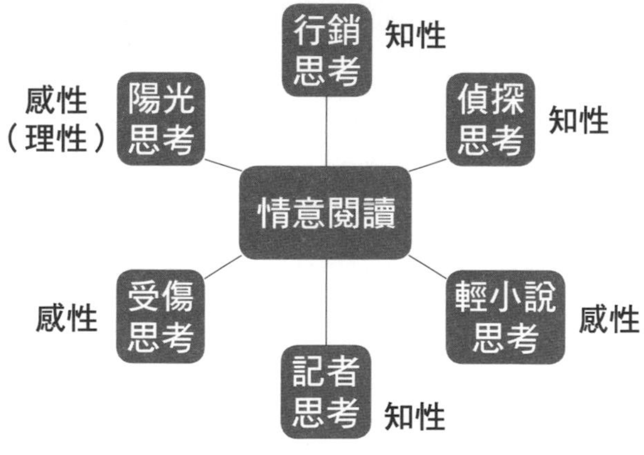

「議論」如果是深層耐嚼的閱讀，使我們清醒，「故事」就是爽口的開胃菜，「抒情」就是湯，鹹湯也好，甜湯也罷，都溫潤了我們的胃。

只有「故事」不成一餐，只是「抒情」雖舒服，不如主菜健康。然而主菜又需配角來搭。天真又浮躁的孩子，其實內心超級敏感。他們天真，所以真心；他們浮躁，所以熱情。這樣一堂課，看起來很鬆，卻把經典恰如其份地送進他們的青春歲月。

第二十章

老師，我欣賞這種很跩的邊緣人

〈虬髯客傳〉

誰是真英雄

「你認為紅拂女為什麼會選擇李靖，而不是虬髯客？李靖究竟是一個怎麼樣的人？」

「老師，其實我沒有覺得李靖怎樣，他蠻平凡的。」

同學表達了自己的意見，一臉尷尬抱歉的樣子。

就在這個時候，L走進來，從開學到現在，同學們一直在反映某科老師為了找一支隨身碟就找了半節課，上課不是照唸課文，就是講他家裡的事，「一點都不好笑」。我好言告訴他們：這些事，有一大部分都很容易就可以修正，「你們去講，比我去講還要方便。因為我是他的同事而已，而你們是他的學生。一個人會成為一個老師，不見得愛同事（笑），但九成九都是愛學生的。」當然沒有人敢去，好不容易，推了L去找老師。從中午就講到這一節晚進教室，大家都目不轉睛地看著他。

旁邊的同學忍不住問他：「老師有沒有很生氣？」

「沒有。」大家都鬆了一口氣。

「老師要我跟大家道歉，說他是因為一開學大家太安靜，才會談一些課外的話題，也補充得很少。之後就會改進。」L平靜地跟大家說。

「謝謝你。你也讓我們更了解李靖這個人一點點。」

L一臉困惑，其他人則很快地把注意力轉到我身上。我喜歡他們上課那種用心的眼神，這個班一直很乖，很容易進入本題。

「你們有沒有覺得很奇怪，楊素如果是一個這麼從善如流的人，應該是一個很有自覺的人，一個很有自覺的人，應該不會搞到變成一個踞見賓客，無復有扶危持顛的亡國之臣。」

他之所以「斂容而起，與語大悅」，與李靖的態度有關係。

「請你們想一想，我們為什麼推選L去規勸老師，而不是別人，然後，分析一下李靖在這一段的人物形象。」

這一題比較複雜，可是我們要趕課，我沒有足夠的時間慢慢引導他們，我給他們每一個人一張回收卡當作發言條，臺灣學生總是「寫」的比「說」的好。用「寫」來檢視他們的思考，也是一種訓練。我穿街過巷，巡視其間，很快地找到很優質的答案，唸幾句出來讓其他同學參考激盪其他人的想法——

「首先，李靖是一個人格高尚，又有正義感的人，在亂世之中，他沒有隨俗浮沉，或是淪落頹喪，他知其不可而為之，勇敢地提出自己建設性的意見。」

「沒錯，他沒有淪落到社會的底層，用偏狹的方法解決問題。」我讚美她，並接著唸下去。

「其次，李靖是一個情緒商數很高的人，就像我們忍受某位老師很久了，難免看到老師，或是講到我們不喜歡的行為，我們就憤憤不平，可是李靖卻『揖』了再說，如果是我，可能會酸言酸語。如果我酸言酸語，對方可能會惱羞成怒，最後的結果一定弄得不歡而散，而不是『與語大悅』。」

「這個立論很好，同學注意了到『揖』這個字。這可能是一個關鍵。」

同學點點頭。

「不過我也想反問你們，有時候你們的老師或父母，好言好語規勸你們，為什麼你們就當耳邊風呢？我不是在責怪你們，而是每一件事情，都要經過反轉一下視角，你們才會真懂。」

「老師，我們當初不敢去，就是因為這個原因，因為我們被提醒的時候，都會當耳邊風，不然就很不爽。所以我們覺得老師也會這樣。」同學一直認同地點頭。

「你們設身處地了解別人可能會有的反應，是非常好的事。接下來，就要找解答。你如果像是在跟一個可以接受你的要求的人說話，對方會受到你的影響。一場對話的高度，可以由其中一方決定，李靖做到了。」

「老師，我還有一個論點沒有寫上去。」同學竟然還有第三個意見。

「你先說說，你想寫什麼呢？」

「哦，李靖不好色，他去找楊素的時候，旁邊有紅拂女，卻沒有斜眼看他，應該說根本沒有發現她。可是虬髯客很色，一看到女生就兩眼發直，『看張梳頭』，太沒水準了。」

同學開心地點頭。

「你的意思是說他看起來比較不會亂搞男女關係，所以紅拂女選擇了他。」

虬髯客對紅拂的態度，沒有把李靖放在眼裡，是一種橫刀奪愛的罷氣，不能單純看成大色狼的舉動。

不過，過去，我問他們「你認為紅拂女為什麼會選擇李靖，李靖究竟是一個怎麼樣的人」的時候，他們看了我放霍建華演的電視主題曲ＭＶ，都只想回答我：「因為他很帥」。在真實人生中，因為很帥就喜歡的故事，從來沒有少過。這一番討論，我覺得挺有收穫。

原文

隋煬帝之幸江都也，命司空楊素守西京。素驕貴，又以時亂，天下之權重望崇者莫我若也，奢貴自奉，禮異人臣。每公卿入言，賓客上謁，未嘗不踞床而見，令美人捧出，侍婢羅列，頗僭於上。末年益甚，無復知所負荷，有扶危持顛之心。

一日，衛公李靖以布衣來謁，獻奇策，素亦踞見之。靖前揖曰：「天下方亂，英雄競起，公以帝室重臣，須以收羅豪傑為心，不宜踞見賓客。」素斂容而起，謝之，與語大悅，收其策而退。當靖之騁辯也，一妓有殊色，執紅拂立於前，獨目靖，靖既去，而執拂妓，臨軒指吏問曰：「去者處士，第幾？住何處？」吏具以對，妓誦而去。

虬髯客明明是個狠角色，為什麼紅拂女不選擇他？要弄清楚這件事，還有一個線索，那就是……「小丑」怎麼會變成小丑？」

雖然看過《小丑》這部電影的同學只有一兩個，但是其他同學對這個話題感到非常感興趣。

這是一部輔導級的電影，用了漫畫大反派「小丑」的典故，採取寫實主義的精神，挖掘社會的陰暗面，不歌頌漫威英雄，正好讓我們反思亂世英雄故事的意義。

《小丑》這部電影一上檔就引起很多討論。主角亞瑟是一名患有一點精神疾病而無法控制自己大笑、貧窮且被社會所忽視的單口喜劇演員。這部電影的背景是高譚市，看過蝙蝠俠就知道，這是蝙蝠俠居住的虛構城市，當時，高譚市正因為垃圾堆積、失業、犯罪和經濟蕭條而混亂不堪。

在亂世中，有一位億萬富翁湯瑪士先生，即將競選高譚市市長，他將嫉妒成功人士的人稱為「小丑」，這個舉動，讓接下來控訴貧富差距，仇視富人的示威群眾，以小丑面具作為他們的象徵圖案。

亞瑟在百般受挫中，最後成為一個虛無主義的罪犯。

他不是一開始就變成罪犯的，他也曾想要當一個喜劇演員，娛樂大家，但是很失敗。他看到自己不能成功。

「因為社會太亂了，而且他一直無法脫魯，所以，他變得越來越奇怪，越來越病態。」

「是。不論社會怎麼亂，有錢有地位的人，總是比較無感，水深火熱的老百姓才是悲劇的主角，這就是楊素為什麼還是散漫荒唐，李靖卻急著獻奇策的原因。電影《小丑》裡，失控的窮人上街抗議，群起對仇視富人，非常符合歷史的真實。你們想想，隋朝末年，可能也是一個大型的高譚市。」

「在亂世中，每一個邊緣人都可以理直氣壯地說這個社會對不起他，自嘲自己像小丑一樣只不過是一個失敗的笑話。小丑說：『當你惹毛一個被遺棄、被當成垃圾的邊緣人，會怎麼樣？』那句話，真的令人難過。李靖很正向，很能控制自己。但是他還算是幸福的，比他更悲慘的『小丑』太多了。」

「那老師怎麼看虬髯客呢？」

虬髯客才是一個改變局面的人，不是一個彬彬有禮的書生而已。

他想要讓紅拂女知道，李靖不是一個可以成大事的人。

他很清楚要成大事，必須先有錢，而且敢愛敢恨殺人。一個英雄，沒這種霸氣，是不行的。

他也很清楚，要做事，除了要靠自己努力，還要靠運氣，如果運氣真的不湊巧，就退出這一場選戰。

不只是英雄

「如果小丑的面具是對角色的暗喻和反諷，你說說，虬髯客的長相（滿臉小蛇一般的大鬍子），和他的性格，有什麼特意的安排？」

「老師，我不知道對不對，我覺得，那是一種……『野蠻』。」

滿臉卷曲的狂亂，正是一個大言不慚、能致富、能殺扶餘國國君自立的狠角色的形象。是很野蠻。很可愛的野蠻。

我眼前孩子們十幾歲稚氣的臉龐，每個都是那麼純真，可是社會給他們的資訊，實在超過我們的時代太多了。他們理解什麼叫作虛無，即便他們的真實世界很平靜，他們也理解什麼是野蠻，即便他們被教育得彬彬有禮。我期許著：懂得思辨的書生，就不再只是個書生。

「就人物設計上來說，《小丑》的反差對比，在《虬髯客傳》裡是否也有類似的安排？」

「《小丑》要寫社會現實中的殘酷窘迫，編劇選了一個以歡樂為工作的人物來演譯；《虬髯客傳》要寫溫暖成全，竟找粗獷豪邁、殘忍霸氣的角色來擔綱。」

沒錯。

亞瑟的人生是一個不折不扣的悲劇，他為了怕再次被街頭混混毆打，帶著同事借給他的槍，卻在進兒童醫院表演時，因為槍掉出來而被解雇了。他的身世撲朔迷離，他的演出很拙劣，使他不斷遭遇失敗，並且受盡嘲諷。

當我們想起他的志願竟是努力成為一個喜劇演員，只覺得格外蒼涼。

「我小時候的願望是希望成為一名喜劇演員，大家都嘲笑我……但現在沒人會笑了！」（《小丑》亞瑟語）

同樣的，《虬髯客傳》的作者，寫出虬髯客兩次很不容易的讓步。

第一回合，是根本不應該是對手的貧士李靖——**客曰：「觀李郎之行，貧士也，何以致斯異人？」**——對方說錢沒錢，說能力也不出色，他何必讓？但是裁判是紅拂女，她很堅持。

當紅拂女「熟觀其面」（你敢直眼看我梳頭，我也不怕直眼看清楚您是何方神聖），他沒有像李靖一樣亂了陣腳；當紅拂女再次主動出擊，「前問其姓」，他也沒有變了神色；紅拂女「妾亦姓張，合是妹」，是多麼大器的一句拒絕，他接話：「第幾？」（你願意跟我交朋友，我正是可以跟任何人交朋友的那種人），又是大方地接受對方的意見。

這一段對決，是兩個想法不同的人的談判。每一句都是機鋒。

這一段對話，是兩個相互欣賞的人的告白。每一句都有祝福。

第二回合，是一看就不是對手的李世民——**俄而文皇來，精采驚人，長揖就座，神氣清朗，**

滿座風生，顧盼暐如也。道士一見慘然，斂棋子曰：「此局全輸矣！」他可以掙扎，但是讓了。

「如果你高中三年非常認真，寫破很多本參考書，在校成績一直不錯，申請的時候，我們也覺得你勢在必得，結果在面試的時候，你看到一個A校的學生。一聽他在準備室開口跟朋友用英文談專業領域，條理清楚，旁徵博引，你就想：哇，此世界非公世界。然後，你們面試的時候，教授因為覺得你比較帥，一直問你問題，都不問他，你會怎麼做？」

「如果有一個人，學測僥倖考超好，去面試的時候，發現大家都很強，摸摸鼻子走了，這算不算成全？」

相形見絀，自知不是對手，就不再痴心妄為，是識相作罷。萬事具備，但是棋逢敵手，認輸退賽，找人去幫他，這種成全並不容易。所以，豪邁有豪邁的層次。

只是大口喝酒，大口吃肉，是粗獷。能大口喝酒，能大口吃肉，卻又想得透徹，拿得起，放得下，是一種豪邁。胸有成竹的成全，怎麼是一種魅力？

「再者，我想問你們：就內涵思想來說，什麼是邊緣人（Marginal man）？虬髯客離開中原，離開『此世界』，到扶餘國，他是什麼想法？」

「真正不成為一個競爭的角色。」

好答案。

「表明自己不再以此世界為念。」

是這個意思。

「因此，這些作品其實也探討了一件事：我們能不能『當一個快樂的邊緣人』？比別人差，比別人窮，比別人弱，比別人倒霉的時候，我們還有快樂的理由嗎？」

當我提到「當一個快樂的邊緣人」的時候，同學竟然有一種專注，這令我感到訝異。就在這段考快要到來的時候，他們對於這樣的延伸思考，還能有這麼大的感觸。

「很多人都會有邊緣人的感覺。」我試探性地問。

「老師，妳也曾經覺得自己是一個邊緣人嗎？」

「當然。時常這麼覺得。」

「那妳很快樂嗎？」

我當然覺得很空虛，很寂寞。我看著中原的擾嚷，覺得我就是此世界的人，可是我總是隔了一層透明的牆。我有一種感覺，我永遠沒有辦法跨越那一道牆。因為我只有這麼好。

這是每一個人共同的哀愁。

「所以，虬髯客最後的出走，是一種思維的突破，在他的眼中，世界這麼大。在一個小地方計較，不如找到自己的舞臺，我們如果可以找到自己的扶餘國，在自己的一片天空，當個雞首，大家也會祝賀我們。不然……」

也是英雄

「不然……」

「不然，就像李靖一樣，在此世界，當一個輔佐別人的人。不要羨，不要妒，當一個為了別人的夢想，努力促成別人的人，為他著想，為他賣命，他會需要你，你也成為一個讓他需要的人。有時候，不是世界把我們邊緣化，是我們不甘心走進去。

「哦！老師，我懂了。能夠成為別人溫柔的後盾，也是一種魅力。」

實在太棒了。贏，有一種魅力，讓人敬佩、仰望、崇拜，但是泰戈爾說：『愛情，是理解和體貼的別名。』能夠成為別人的左右手，也是一種美德，散發著安靜的溫度和堅定的光芒。

「況且，從另一個角度來說，當紅拂女選擇李靖時，便不再輕易動心；同樣的，李靖選擇輔佐他人，放棄了原來的夢想，當李靖離開西京逆旅，已經不再彷徨。和虬髯客選擇遠走他鄉，放棄繼續在中原龍鬥一樣，他們三個人都在該放棄的時刻做出抉擇。你們想想，他們三人的任何一個人，如果沒有做出明快的選擇，會是什麼狀況呢？」

「紅拂女劈腿！」同學們大笑。

「李靖想回隋朝當官！」

「虬髯客輔佐李世民，可是常常覺得不爽。」同學們笑得更大聲了。

在笑聲中，我們都如實參與了一場進與退的思辨。這一個故事寫透了「放棄」，而且是三種不拖泥帶水的放手，李靖雖然是陪襯的角色，但與虬髯客比起來絲毫沒有遜色，他也退得漂亮，又勇於承擔。

給同學的話

你說文言文都是一堆幹話
冠冕堂皇，頭頭是道
看得我心好累
Taco 老師說
那些出世的古人都很廢
像陶淵明那樣
如果你也想
找一個喜歡的地方躲起來

找一個地方宅起來
他的心情恐怕
只有你最懂
所以黑特研究的第四個重點任務是——
放棄為古人們貼上高尚的標籤
讓古人耍廢
學習他們耍廢的境界

附：教學便利貼——亦莊亦諧

上經典文學，有的話題真的很冷很枯燥。有時候，連希望聽課的乖巧同學，也難免不敵濃濃的睡意。

我在想，讓課堂亦莊亦諧，也是臺上講者的一種魅力，是身為老師的我們，可以探索培養的一把輔助的刷子。

我曾經看張輝誠老師的研習錄影，發現他很會調侃自己，或是調侃來研習的老師。再硬的話題都能談笑風生。

我實在不是很會講笑話的人，但站上講臺，以下這幾種方式，我覺得不難，但多少讓幽默商數接近零的我，還有些醒腦作用。

1. involve：tag 在場的一兩個學生

在解說時，把聽眾關涉到話題中，巧妙無痕，無縫接軌，能令人覺得幽默。

「文人在被貶謫之後，往往會寫一系列反思自己的人生價值觀的東西。他們被貶調的原因，大多是改革或直諫。對他們來說，就好比用功的好學生，像L這樣（我看著班上的學霸），他太認真，就是記過處分的高危險群。

（從這句以下，我們說得再硬，他們就是會笑著聽。）你們說白居易不算乖乖牌，可是，他們是最愛百姓的那一牌，他們的工作就是這個啊，只是太把它當一回事了！被貶之後呢？好一點的，就范仲淹，還是樂以天下，憂以天下，繼續愛國家；像白居易呢？你貶我？〈琵琶行〉是夕始覺有遷謫意。哭個幾天，隨後就漸漸保持退休心態，詩酒生涯，新樂府運動就此告一段落，不幹了；想不開，還有去跳江的。太認真到還有皇帝疼的，大概就魏徵了。不少太認真的，都被記過了。」

2. make up：延伸情境，使同學容易進入故事當中

在分析人物的時候，發揮一下老師的想像力，把情境完整地呈現。

「唐太宗在過年前，為什麼要到死牢裡？大家都快快樂樂去過年，有些人沒有機會。他就去看看他們。你們想，這個人是個仁君，其實從這一點可以看得出來。」

「他進到死牢裡的時候，看到死刑犯坐了一排，右手邊這個，是搶了三家銀樓的；他旁邊那個，是強姦婦女的，老的年輕的都強暴，頭號通緝要犯；他前面那個，是下藥害死鄰居仇家的。今天通通就在他面前，坐了一排，沒有一丁點過年的期待，眼神渙散，覺得人生就是個句點。他看著他們，忍不住動用自己的特權：我放你們回去看家人，你們記得回來。全部的犯人都不敢相信，激動了起來。」

「張良出，要項伯。項伯即入見沛公。沛公奉卮酒為壽，約為婚姻，曰：『吾入關，秋毫不敢有所近……豈敢反乎！』沛公這個人，真是什麼話都敢說啊！他一看到項伯，可能就跟他說：啊！項伯，久仰，我劉邦啊，請受我一拜。我早就聽說你是個有品德的人，如今一見，果然傳言不假。不如我們結為親家吧！真的真的，來！就是今天。真的真的。」

3. exaggerate：假設相反情境

誇大（相反）情境，製造效果。

「紅拂女，一進逆旅之後，靖問：「誰？」紅拂曰：「妾，楊家之紅拂妓也。」靖遽延入。脫衣去帽，乃十八、九佳麗人也。同學必須體會李靖為什麼『遽』延入，那是避免更大的麻煩不得已的舉止，然後，脫衣去帽的『衣』是指前面說的『紫衣』，就是外衣，你們笑什麼，這是重要的閱讀策略哦。不然，李靖看到紅拂女，一把拉進門，紅拂女就把衣服脫了，這，後面故事整個都扭曲了。翻譯可以看出一個人的閱讀理解能力，還有內心世界。懂嗎？」

4. pretend：裝傻

像是二類組那種很活潑很好動的同學，從某個角度來說，也是一種主動。面對他們，也許裝傻是做球給他們是一個非常簡單的方法。他們甚至會醒過來，就為了幫你一個小忙。不要常用，就不會矯情。

「說到成全，我想到一個例子，有一個超跑選手，臺灣的，他去跑過極地和沙漠，拿了很多冠軍，啊，什麼名字我真的老了想不起來。有一次比賽，一個別國家的選手受傷了，他就照顧他，陪他跑完。搞到自己沒有名次，跑到終點時，大會都廣播，全場歡呼。啊，到底叫什麼名字，誰知道拜託一下。」

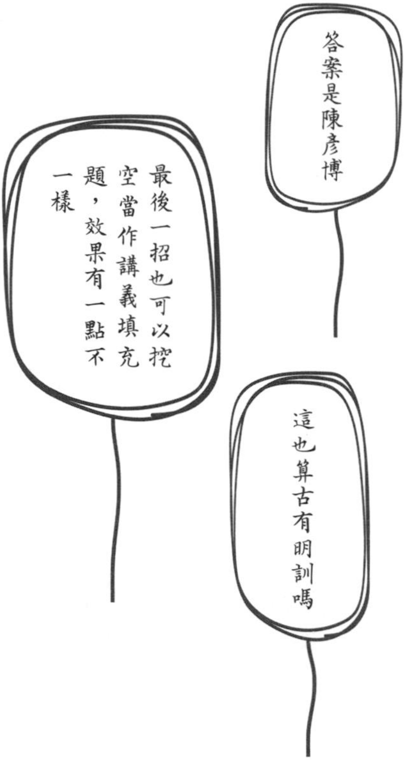
答案是陳彥博
這也算古有明訓嗎
最後一招也可以挖空當作講義填充題，效果有一點不一樣

黑特國文課本研究院

2021年1月初版
2021年11月初版第三刷

定價：新臺幣350元

著者	張玲瑜
叢書主編	李芃
封面內頁插畫	禾子
章名頁插畫	戴辰
潤稿校對	鄭化石
整體設計	江宜蔚

出版者	聯經出版事業股份有限公司
地址	新北市汐止區大同路一段369號1樓
叢書編輯電話	(02)86925588轉5317
台北聯經書房	台北市新生南路三段94號
電話	(02)23620308
台中分公司	台中市北區崇德路一段198號
暨門市電話	(04)22312023
台中電子信箱	e-mail：linking2@ms42.hinet.net
郵政劃撥帳戶第	0100559-3號
郵撥電話	(02)23620308
印刷者	文聯彩色製版印刷有限公司
總經銷	聯合發行股份有限公司
發行所	新北市新店區寶橋路235巷6弄6號2樓
電話	(02)29178022

副總編輯	陳逸華
總編輯	涂豐恩
總經理	陳芝宇
社長	羅國俊
發行人	林載爵

行政院新聞局出版事業登記證局版臺業字第0130號

本書如有缺頁，破損，倒裝請寄回台北聯經書房更換。　ISBN 978-957-08-5619-4 (平裝)
電子信箱：linking@udngroup.com

國家圖書館出版品預行編目資料

黑特國文課本研究院/張玲瑜著．初版．新北市．聯經．
2021年1月．296面（另附40頁小冊）．14.8×21公分
ISBN 978-957-08-5619-4（平裝）
[2021年11月初版第三刷]

1.文言文 2.讀本

802.82 109014220

說明

面對一〇八課綱，不少同學都在煩惱：我選不到想選的課，「修課記錄」不漂亮，怎麼辦？其實，熱門課一堆人選，可是名額就那麼多，選不到喜歡的課一定是常態，同學要提出好的P，「自主學習」是一個重要的關鍵。

誠如上班族需要辦公家具，水電工需要工具箱，自主學習也需要工具箱，也就是一些在漫長研究的過程中，支持自己走到最後的基本能力，例如找資料的習慣、教材、研究的「地圖」、探究議題的能力，甚至是基礎的文書處理、影片製作、資料判讀，少一項，都可能會讓人困惑不已，動力下降。

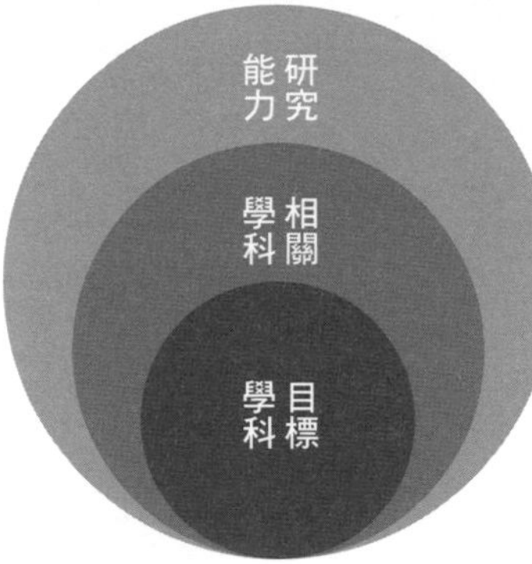

▲學習歷程檔案黃金圈

《黑特國文課本研究院》雖以課本問答為出發點，對於「思辨式提問」、「探究式閱讀」、「系統性思考」及「專業論述力」、「觀點表達力」，有實質的示範，對於任何科系的深入研究來說，都是繼續往前邁進的重要基本功。

為了讓《黑特國文課本研究院》成為由課本學習到自主學習的橋樑，本手冊設計了六組試題，帶領同學熟悉本書展示的推論要領（「研究」），也拆解邏輯提問的理論來源，可以說帶領大家來到「黑特」的後臺。

自主學習工具箱

★思辨式提問 ← 黑特攻略

★探究式閱讀
★系統性思考
★觀點之表達 ← 研究攻略

小叮嚀

一、本手冊適合讀完本書後，作為鞏固自主學習的基本思考工具的演練，也可以在閱讀全書之前，作為前測暖身。

二、手冊最末附有參考解答，不過大部份試題都沒有標準答案，同學們可以盡量發揮。做一次黑特體驗，也做一回「概念建構」、「邏輯提問」、「系統思考」、「大綱設計」的研究暖身操，您的自主學習必定更上層樓。

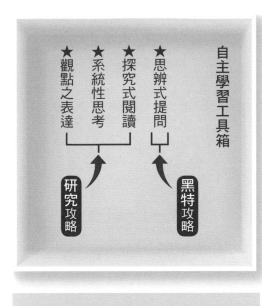

曾子殺彘，你認同嗎？

曾子之妻之市，其子隨之而泣。其母曰:「女還，顧反爲女殺彘。」妻子適市來，曾子欲捕彘殺之。妻止之曰:「特與嬰兒戲耳。」曾子曰:「嬰兒非與戲也。嬰兒非有智也，待父母而學者也，聽父母之教。今子欺之，是教子欺也。母欺子，子而不信其母，非所以成教也。」遂烹彘也。

⇨ 曾參的老婆不希望小孩一起去市場，哄小孩說回來要殺豬給他吃。曾參認為妻子不應該對小孩說謊，就把豬真的殺了。

⇨ 說說謊哄小孩不可以嗎？

	檢索	發散	收斂
確認問題			
申明主張			
探究論述			
引例佐證			
結論： 實踐連結			

「縱囚」的概念，你認為在什麼情境下有可能成立？

方唐太宗之六年，錄大辟囚三百餘人，縱使還家，約其自歸以就死，是君子之難能，期小人之尤者以必能也。其囚及期，而卒自歸無後者，是君子之所難，而小人之所易也，此豈近於人情哉？

⇨ 唐太宗把死刑犯放走，回家探望親人再回來，歐陽修認為這是「德政」的假象，不是真正的德政。

⇨ 法外開恩不可以嗎？死刑犯值得同情嗎？

	檢索	發散	收斂
確認問題			
申明主張			
探究論述			
引例佐證			
結論： 實踐連結			

二、本書研究地圖：

閱讀一則文本，要深入了解議題，可以朝哪些面向作延伸探究？請細讀左圖，稍加思考，在空格中試著填入相應的探究面向。

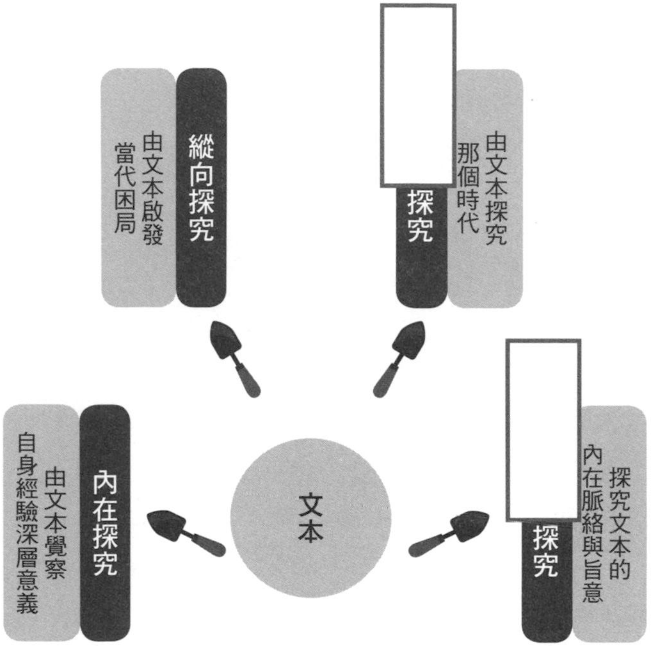

參考答案見第27頁

國文時數下降，代表國文不重要？錯了。

過去，文本是一個點，現在，文本還是一個點，

但是，是一個起點。

你不探究閱讀，你就留下了盲點。

■由黑特到「DSRP系統思考」素養

「老師，您說『批判』不等於『思辨』？」

「嗯，有了犀利的批判，透過系統思考，才算完成了思辨……你是一個有耐心的人嗎？」

「……普通吧，怎麼了嗎？學系統思考跟追女朋友一樣麻煩嗎？」

棒，我們的學生知道追求一個漂亮女生要有耐心，他將明白，如果有耐心，也可以做出令人驚豔的研究成果。

系統思考不是聰明人的專利，熟悉系統思考術之後，就以**D-S-R-P**系統思考來說，它就像一個升級版的心智圖，是一個輔助我們全盤思考的好工具。

D的Distinction（區別），就是切割主題，S的System（系統），就是建構系統。到這個步驟，明明就已經有「系統（System）」了，但是它要求我們再細察系統之間的Relationships（關連）（彼此的呼應、彼此的連帶影響、與主題的關連），尤其是提醒我們，在這前面的「微觀」之後，不要忘了「宏觀」全局，才提出perspectives（觀點）。

Distinctions（區別）——區別子題、邏輯追問

Systems（**系統**）——建構系統、深入部分→微觀

Relationships（**關連**）——關連主題、建構整體→宏觀

perspectives（**觀點**）——提出觀點、轉換視角→總結

「有一個前輩叫作黃國珍先生，他曾經把『系統思考』比喻成『柯南的思考』，把『線性思考』比喻成『毛利小五郎的思考』。」

「哈哈哈……強！」

「我們都覺得柯南比較聰明，思考比較周延，你有沒有去想過，誰比較快得到答案？」

「老師，我懂了。毛利小五郎，把思考做了一半，就不疑有他。」

「嗯，如果柯南夠聰明，他為什麼每次都慢半拍？那些看得遠、想得深的人，總是能夠做出睿智的抉擇，提出精彩的觀點，我們都沒有去想一想，他在大腦中所做了多少努力！一個系統思考的人，往往冷靜、沉潛、堅毅，直到看到整個系統，還不忘反覆推敲。他聰明嗎？我反而不確定。不過，他一定是一個謙卑、細膩、謹慎又宏觀的人。」

愛因斯坦就說：「**並不是我聰明，只是我和問題相處較久。**（It's not that I'm so smart, it's just that I stay with problems longer.）」

心理學家把一個人的思考能力分為五種，分別是：「記憶」、「認知」、「發散思考」、「收斂思考」、「評價」。一個人學科成績不出色，尤其是傳統試題，與『記憶』和『認知』的關係很大，但是，一個人發散思考的能力、收斂思考的習慣，和評價的力道，這些測驗題比較考不出來的面向，對於解決問題卻有非常重要的作用。」

人或許有批判的本能，
但是沒有研究的天賦。
你需要適性發展，
還需要刻意學習。

■DSRP系統思考概念圖：

製作一個自主學習計畫，應該形成一個完整系統。以下的表格展示了DSRP系統思考的模組，同學可以透過這樣的表格監控自己的探究進度，也可以用它來呈現大要，以便與師長討論，或作為發表時的一種摘要格式。

	Distinctions			
步驟	亮點動機 區別子題	延伸閱讀 邏輯追問		
實踐方式	對應素養或學群	□摘要筆記 □微心得	探究行動 I □微訪談 □踏察實作	探究行動 II □微訪談 □踏察實作
內容	一個亮點動機 **強烈的疑惑** 開始你的**黑特體驗**		與親師友討論 或 實地踏察	
進一步的問題	過程中產生的 進一步問題			
困境與解決方案				
完成日及老師評語				

Perspectives	Relationship	Systems
觀點展示 轉換視角	關連主題 建構整體	定義系統 深入部份
較完整地陳述你的想法（約 350 字上下）	結論形成	大綱層次
	聚焦到原主題 有力量，有溫度 的結論	發展大綱層次 一層層的大綱 展示你的思考網絡

空白格式下載↓

三、DSRP系統思考自主學習概念圖（實例二）：

實例二來自一位日本小學生的觀察報告，它的研究主題是歸納四個市長戴口罩的習慣。藉由此例，同學可以熟悉一下「延伸閱讀方向」，並感受製作大綱的要領。請同學協助該同學(1)挑選你覺得比較簡便可行的一至兩個延伸閱讀方向，在表格「探究方向」上的☐打勾 (2)協助他針對這四個市長的戴口罩習慣，歸納他們背後的考量有何不同，填入「大綱」的空格中。

<table>
<tr><th></th><th colspan="2">Distinctions</th></tr>
<tr><td>步驟</td><td>亮點動機
區別主題
Distinctions</td><td>延伸閱讀
邏輯追問
Distinctions</td></tr>
<tr><td>實踐方式</td><td>市長的口罩文化統計（由每一位市長級人物戴口罩的習慣做數據分析）</td><td>☑摘要筆記
☐微心得</td></tr>
<tr><td>內容</td><td>沖繩縣知事會根據每場記者會的場合搭配口罩？（日本）其他的首長應該有各自的習慣？</td><td>1.☐文本探究：使用統計工具整理蒐集到的材料。
2.☐橫向探究：其他首長；其他國家
3.☐縱向探究：與使用手帕的習慣對照分析。
4.☐內在探究：我看到不同做法的感受是？</td></tr>
<tr><td>進一步的問題</td><td colspan="2">秋田縣知事：基本上都用拋棄式口罩。Why？
山形縣知事：有山形名產櫻桃的圖案。Why？
福島縣知事：使用壓克力隔板，不戴口罩。Why？
東京都知事：天熱時會戴蕾絲或看起來很涼的銀色緞面口罩。Why？</td></tr>
<tr><td>困境與解決方案</td><td colspan="2">★對統計圖形繪製與表述不熟悉
◎參考相關論文。</td></tr>
</table>

Perspectives	Relationship	Systems	
觀點展示 轉換視角 perspectives	關連主題 建構整體 Relationship	定義系統 深入部份 Systems	
（展現方式：使用圖文並茂的方式呈現成果。）	結論形成	大綱層次	探究行動 □微訪談 □踏察實作
	由繁至簡可以分為四種做法。 配合地方文化或個人形象，不做作、不矯情，自然，大方， 便有魅力。	**一、展現個人品味的做法** 1. 根據場合做變化：沖繩縣知事 **二、** 1. 使用地方名產圖案：山形縣知事	**1.** □**問卷調查：**在校園中實施問卷調查，蒐集師長及同學對四種不同做法的感受。
		三、 1. 因應天氣做變化：東京縣知事 **四、** 1. 不戴口罩：福島縣知事 2. 用拋棄式口罩：秋田縣知事	★問卷設計

參考答案見第28頁

四、DSRP系統思考自主學習概念圖（實例二）：

實例二由〈一桿稱仔〉衍伸而來，它的研究主題是「一桿稱仔裡呈現的警民關係」以及「弱勢族群的人權問題」。某同學已挑選了三個探究方向，請你(1)填寫這位同學挑選的探究方向是哪三種（選項：內在探究、文本探究、橫向探究）(2)為這位同學設計大綱，填入「大綱」的空格中。

Distinctions		
步驟	亮點動機 區別子題 Distinctions	延伸閱讀 邏輯追問
實踐方式	法政 （警政） （人權） （多元文化）	☑摘要筆記 ☐微心得
內容	我看不太懂〈一桿稱仔〉裡日本警察的語言，有點莫名其妙。而且秦德參殺死一個警察是不是太衝動了無濟於事。	1. ☑ □ 秦得參的性格分析；賴和希望表達台灣人怎樣的處境；賴和藉由本文欲傳達的主旨；賴和刻畫出的日警形象是？ 2. ☑ □ 賴和〈不如意的過年〉吳濁流〈陳大人〉陳虛谷〈他發財了〉陳虛谷〈無處申冤〉； 3. ☐ **縱向探究**：殖民者對殖民地的心態；寫信馬拉松的人權故事；當代面對外來移民的歧視？ 4. ☑ □ 我對外勞有
進一步的問題	日治時期度量衡法在臺灣推動的動機與實施情形。 人民寄望司法審判最後失望妥協 惡警察擺架子耍威風？ 什麼是「御歲暮」？ 警察管理？ 司法上訴制度？	
困境與解決方案	★找不到合適資料 ◎向國文老師與歷史老師請教適合延伸閱讀的文本。 ◎搜尋引擎 ◎爸爸推薦《馭風男孩》的片段了解落後國家法政亂象。 ◎向公民老師請教當代的人權新聞。 ◎運用學校圖書館提供的各大出版社資料庫蒐尋近期新聞。	

Perspectives	**R**elationship	**S**ystems	
觀點展示 **轉換視角**	**關連主題** **建構整體**	**定義系統** **深入部份**	
由〈一桿稱仔〉引起我進一步了解這個世界上是不是還有像秦德參一樣的人，正在和貧窮的社會、不公義的司法制度奮鬥。 我認為臺灣也是一個多文化的社會，應該採取包容的精神，並且對於不同文化產生的潛在的社經落差、文化歧視有高度自覺，相互了解，互助共好。	結論形成 法律在保障善民、約束惡人，但是少數執法者的素質可能扭曲了法意。 法規的制定，必須參酌民情，才能保障弱勢族群的人權。	大綱層次 一、＿＿＿＿ 1. 文化反差造成的刻板印象 2. 腐敗的司法審判漠視人權 二、＿＿＿＿ 1. 貧窮 2. 失業	探究行動 ☑微訪談 ☐踏察實作 **1. ☑多元文化糾紛：**台北火車站大廳禁坐爭議。 打電話請教社工團體，有很大的收穫。

參考答案見第29頁

五、DSRP系統思考自主學習概念圖（實例三）：

實例三由〈出師表〉衍伸而來，它的研究主題是「領導人的說話策略」。某同學已做完了探究，但是忘了填寫研究過程中遭遇的問題，請你為他思考解決之道，或想像一下他可能遇到的其他困難，填入「困境與解決方案」的空格中。

步驟	實踐方式	內容	進一步的問題	困境與解決方案
Distinctions				
亮點動機 區別子題 Distinctions	領導人的說話（規畫執行與創新應變）（人際關係與團隊合作）	〈出師表〉應該要講重點就好。諸葛亮似乎很囉嗦？	諸葛亮與劉禪的君臣關係有何特點？	
延伸閱讀 邏輯追問 Distinctions	☑摘要筆記 □微心得	**1.** ☑**文本探究**：對象劉禪的問題點？諸葛亮擔憂的點？他希望達到的目標？為什麼要要說明自己的經歷？ **2.** ☑**橫向探究**：〈後出師表〉 **3.** ☑**縱向探究**：《領導者的說話之道：全球百大CEO打造「領袖語言」的12堂溝通課》；邱吉爾「戰鬥到底」演說；戰爭電影美國總統宣戰演說 **4.** ☑**內在探究**：我的語言地雷是？（某人這樣講話很機車）	發表這篇文章的時機，有何特點？ 宣戰與一般宣示有何不同？ 站在員工立場和站在上司立場與要的溝通術有何不同？	

<table>
<tr><th>Perspectives</th><th>Relationship</th><th>Systems</th><th></th></tr>
<tr><td>觀點展示
轉換視角
perspectives</td><td>關連主題
建構整體
Relationship</td><td>定義系統
深入部份
Systems</td><td></td></tr>
<tr><td rowspan="4">〈出師表〉完整呈現諸葛亮的人格與處境，在這篇文章中，作者體現了對上司、對皇帝、對員工的三種溝通術，反覆表達自己的赤忱，也掌握國家（公司）的需求與危機，並且善於指出願景。這些語言特點，在邱吉爾首相及我國陳時中部長的知名談話中都可以看到清楚的體現。</td><td>結論形成</td><td>大綱層次</td><td>探究行動
☑微訪談
☐踏察實作</td></tr>
<tr><td rowspan="3">身為員工，最忌諱主管說話太過冗長又重複。
身為主管，關心的焦點是能否對公司有利，又對自己無害。</td><td rowspan="3">一、對上司的溝通聖經
1. 清楚公司的痛點
2. 句句為公司著想
二、對員工的溝通聖經
1. 共同的願景
2. 簡明的步驟
三、皇帝的語言地雷
1. 不恭
2. 不忠
二、員工的語言地雷
1. 重複
2. 冗長</td><td>1. ☑激勵人心的演說：陳時中的談話特點。</td></tr>
<tr><td></td></tr>
<tr><td>訪問主任主持大型會議或全校升旗說話技巧。</td></tr>
</table>

參考答案見第30頁

■黑特攻略：思辨式提問策略

提問面向	提問內涵	提問形式舉隅
1.細節確認	審視每一個環節，相關的人、物，事情的始末	□什麼是？ □順序是？ □什麼是？ □主角是？
2.找小矛盾	檢視因果邏輯上的瑕疵、前後矛盾的說法、避重就輕的話術	□為什麼？ □可能嗎？ □合理嗎？ □例外情形不少，像是：
3.類推思考	應用在其他場域，以達到重新檢視，或相互印證的效果	□像是……
4.時間思考	加上時間的向度來思考	□什麼時候做比較好？ □做多少剛剛好 □可以永恆有效？
辨思考	比較容易混淆的相近概念	□像是……，不宜混為一談

6. 合併思考	擴充命題，把相關的命題一起討論	□像是……，也是連帶的議題
7. 反向思考	反證作者說的是錯的	□真的那麼重要？
8. 超越思考	找出更新的解決方案	□是不是也可以……？
9. 表裡思考	背後真正應關心的是？	□背後真正應關心的是？
10. 預測思考	推論可能的發展	□接下來…… □日後……

整理自：《批判性思考：跳脫慣性的思考模式》，Stella Cottrell，深思文化，二〇一九。
《創意思考：問題面面觀》，黃炳煌，五南，二〇一四。

六、思辨提問練習：

以下的黑特提問，有些屬於「內容」的文本探究，有些屬於「手法」的文本探究，其提問又屬於哪種思考內涵？，請將選項代號填入（　）中。（本題供同學熟悉提問技巧，每題可能不只一個答案，歸類上不必拘泥，只要說得通即可。）

1.孟嘗君接受馮諼背後的原因是？（〈馮諼客孟嘗君〉）（　）

2.馮諼市「義」嗎？背後的真正考量是？（〈馮諼客孟嘗君〉）（　）

3.齊王那麼容易上鈎嗎？背後的考量還有哪些？（〈馮諼客孟嘗君〉）（　）

4.古代愛情的故事好像有規則，現代的兩性關係也符合這個規則嗎？（〈離魂記〉）（　）

5.安靜的爸爸對上任性的女兒，通常掌控局面的是爸爸還是女兒？（〈離魂記〉）（　）

6.根據〈出師表〉的內容，諸葛亮效忠蜀漢的理由是？（〈出師表〉）（　）

7.由〈出師表〉來看，像諸葛亮一樣遇到不稱職的「隊友」，應該注意什麼？（〈出師表〉）（　）

8.漁父如果真的要勸屈原，是否應該留意到他當時的心理狀態？（〈漁父〉）（　）

9.不完美的寫作手法也可以算是特色嗎？（〈晚遊六橋待月記〉）（　）

10.虬髯客是不是應該嘗試一段時間再放棄？（〈虬髯客傳〉）（　）

【選項】

（一）文本探究性質

甲、文本內容探究　乙、寫作手法探究

（二）提問面向

A. 細節確認　B. 找小矛盾　C. 類推思考　D. 時間思考

E. 分辨思考　F. 合併思考　G. 反向思考　H. 超越思考

I. 表裡思考　J. 預測思考

參考答案見第31頁

懷疑太陽並非東升西落的人，
和相信雨後就會有彩虹的人，
都讓世界向前進了一大步。

解答本

評分標準

	適當	不適當
深入閱讀（配合實例一）	★追尋該議題的來龍去脈及知識架構，有方向地搜尋。（0 1 2 3分）	★依賴搜尋引擎，找到什麼看什麼，沒有充分的素材 ★貪多求備，不知素材的價值
大綱擬定（小標題擬定）（配合實例二）	★精簡：文字要簡潔好讀，讓人好理解（0 1 2 3分） ★精巧：表達要生動有趣，才能吸引人（0 1 2 3分） ★精深：觀察有深度，讓讀者有收穫，達到深入人心的目的。（0 1 2 3分）（註：參考洪震宇《精準寫作》） ★層次：由一般到特例，由初步到深入（0 1 2 3分） ★脈絡：同層架構要對稱，分支架構作輔助（0 1 2 3分）	★語意模糊 ★與後文不能呼應 ★架構不立體
深入提問（配合實例三）	★掌握事實疑點，代替讀者發問（0 1 2 3分）	★沒有問題意識
報告摘要	★用詞客觀，態度理性（0 1 2 3分） ★整理細項，整理層次（0 1 2 3分） ★呈現論點，呈現主旨（0 1 2 3分） ★邏輯連貫，敘述嚴謹（0 1 2 3分）	★用詞感性，帶有情緒 ★偏於一隅，自說自話 ★言而無序，無法聚焦 ★廉價語詞，語句跳接

參考答案

p.4

（右頁）（由上而下）世說新語＝勞山道士壓榨王生勞力？為什麼王生才是主角，題目卻是勞山道士？

（左頁）（由上而下）赤壁賦＝他為什麼選了一個豬隊友？與豬隊友怎麼合作？這就是領導人的話術？＝孟嘗君為什麼接受馮諼？馮諼市的是「義」嗎？齊王那麼容易上鉤？

p.6

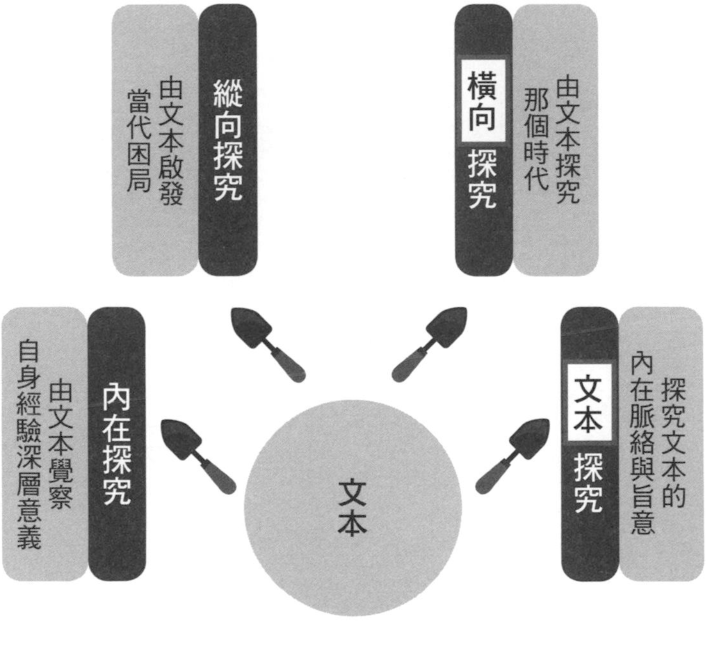

p.14

DSRP系統思考自主學習概念圖（實例一）

一、展現個人品味的做法

1.根據場合做變化：沖繩縣知事

二、**善用文化符號的做法**

1.使用地方名產圖案：山形縣知事

三、**實用的做法**

1.因應天氣做變化：東京縣知事

四、**簡化的做法**

1.不戴口罩：福島縣知事

2.用拋棄式口罩：秋田縣知事

DSRP 系統思考自主學習概念圖（實例二）

1. ☑**文本探究：**秦得參的性格分析；賴和希望表達台灣人怎樣的處境；賴和藉由本文欲傳達的主旨；賴和刻畫出的日警形象是？

2. ☑**橫向探究：**賴和〈不如意的過年〉吳濁流〈陳大人〉陳虛谷〈他發財了〉陳虛谷〈無處申冤〉；

3. □**縱向探究：**殖民者對殖民地的心態；寫信馬拉松的人權故事；當代面對外來移民的歧視？

4. ☑**橫向探究：**我對外勞有刻板印象嗎？

一、**潛在的黑執事**

1. 文化反差造成的刻板印象
2. 腐敗的司法審判漠視人權

二、**潛在的反抗者**

1. 貧窮
2. 失業

p.18

DSRP 系統思考自主學習概念圖（實例三）

困境與解決方案

★找不到合適資料

◎由youtuber說書快速向口語表達開課教師請教，老師提醒我要考慮「感性」的面向。

◎運用學校圖書館提供的各大出版社資料庫蒐尋近期新聞。

★無法理解延伸閱讀素材

◎找同學討論〈後出師表〉的重點，同學發現它超級言簡意賅，與〈前出師表〉大不相同。

p.22

1.（甲I） 2.（甲I） 3.（甲I） 4.（甲J） 5.（甲J）
6.（甲A） 7.（甲C） 8.（甲F） 9.（乙G） 10.（乙D）

【詳解】

1. 文本中沒有明確交代接受的原因，只說孟嘗君笑而受之。推敲背後的原因，故選I。
2. 文本中說的是市義，仔細思考並非真「義」，故選I。
3. 推斷齊王上鉤背後可能的考量，可選B或I。
4. 從故事推導出一個發展的規則，故選J。
5. 思考結局的發展，故選J。
6. 文本中提及諸葛亮蒙知遇之恩，故選A。
7. 類推到自己可能遇到的情境，故選C。
8. 將屈原到心理狀態也一併考慮進來，，故選F。
9. 質疑公安派的文字美學主張，故選G。
10. 加入「時間（／時機）」的思考向度，故選D。

附：學習歷程時間軸：

這個表格適用於高中同學入學之初規畫展望。

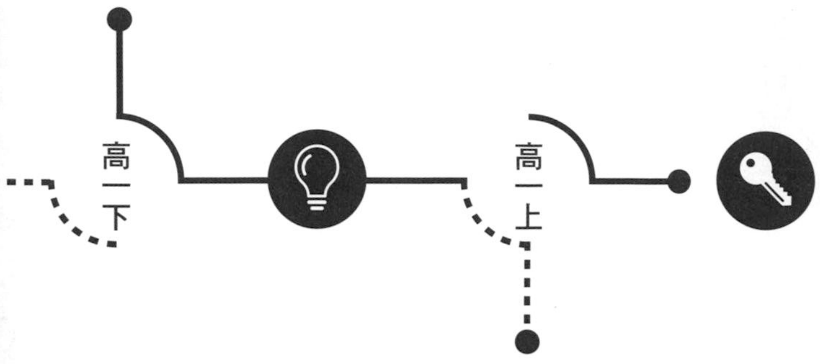

高一上

1. 多元學習：選修課程：
   競賽參與：
   自主學習：　□專題製作　□思辨閱讀
   其他：

2. 課程成果：
   □問卷調查（圖表分析力）　□桌遊設計（圖文邏輯整合力）
   □圖文創作（視覺化能力）　□跨域詩（科普文案力）
   □懶人包（PPT簡報力）　□微電影（觀點敘事力）
   □報導（社會觀察力）　□策展（跨域整合力）
   □小專題（研究能力）　□其他

高一下

1. 多元學習：選修課程：
   競賽參與：
   自主學習：　□專題製作　□思辨閱讀
   其他：

2. 課程成果：
   □問卷調查（圖表分析力）　□桌遊設計（圖文邏輯整合力）
   □圖文創作（視覺化能力）　□跨域詩（科普文案力）
   □懶人包（PPT簡報力）　□微電影（觀點敘事力）
   □報導（社會觀察力）　□策展（跨域整合力）
   □小專題（研究能力）　□其他

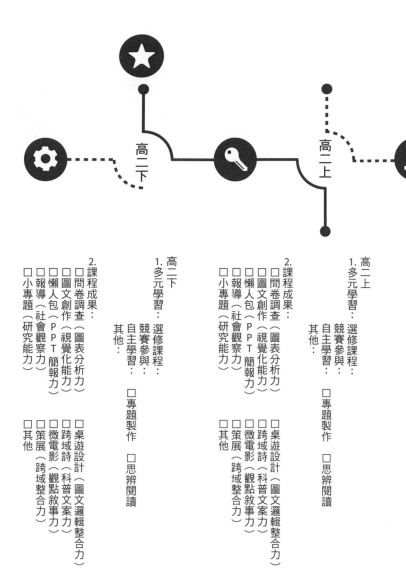

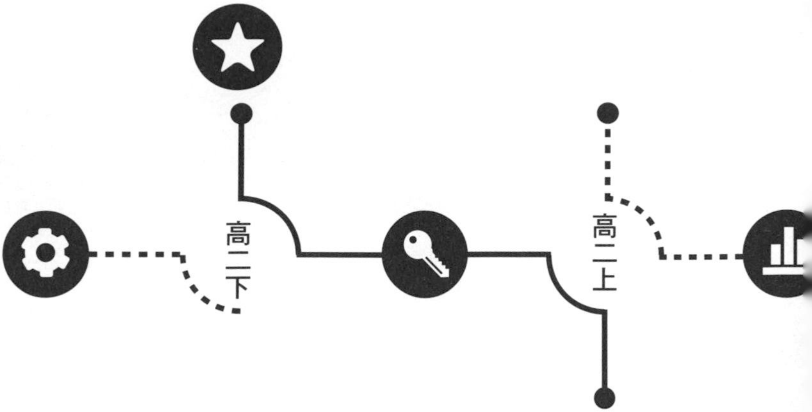

高二上

1. 多元學習：選修課程：
   競賽參與：
   自主學習：　□專題製作　□思辨閱讀
   其他：

2. 課程成果：
   □問卷調查（圖表分析力）　□桌遊設計（圖文邏輯整合力）
   □圖文創作（視覺化能力）　□跨域詩（科普文案力）
   □懶人包（PPT簡報力）　□微電影（觀點敘事力）
   □報導（社會觀察力）　□策展（跨域整合力）
   □小專題（研究能力）　□其他

高二下

1. 多元學習：選修課程：
   競賽參與：
   自主學習：　□專題製作　□思辨閱讀
   其他：

2. 課程成果：
   □問卷調查（圖表分析力）　□桌遊設計（圖文邏輯整合力）
   □圖文創作（視覺化能力）　□跨域詩（科普文案力）
   □懶人包（PPT簡報力）　□微電影（觀點敘事力）
   □報導（社會觀察力）　□策展（跨域整合力）
   □小專題（研究能力）　□其他

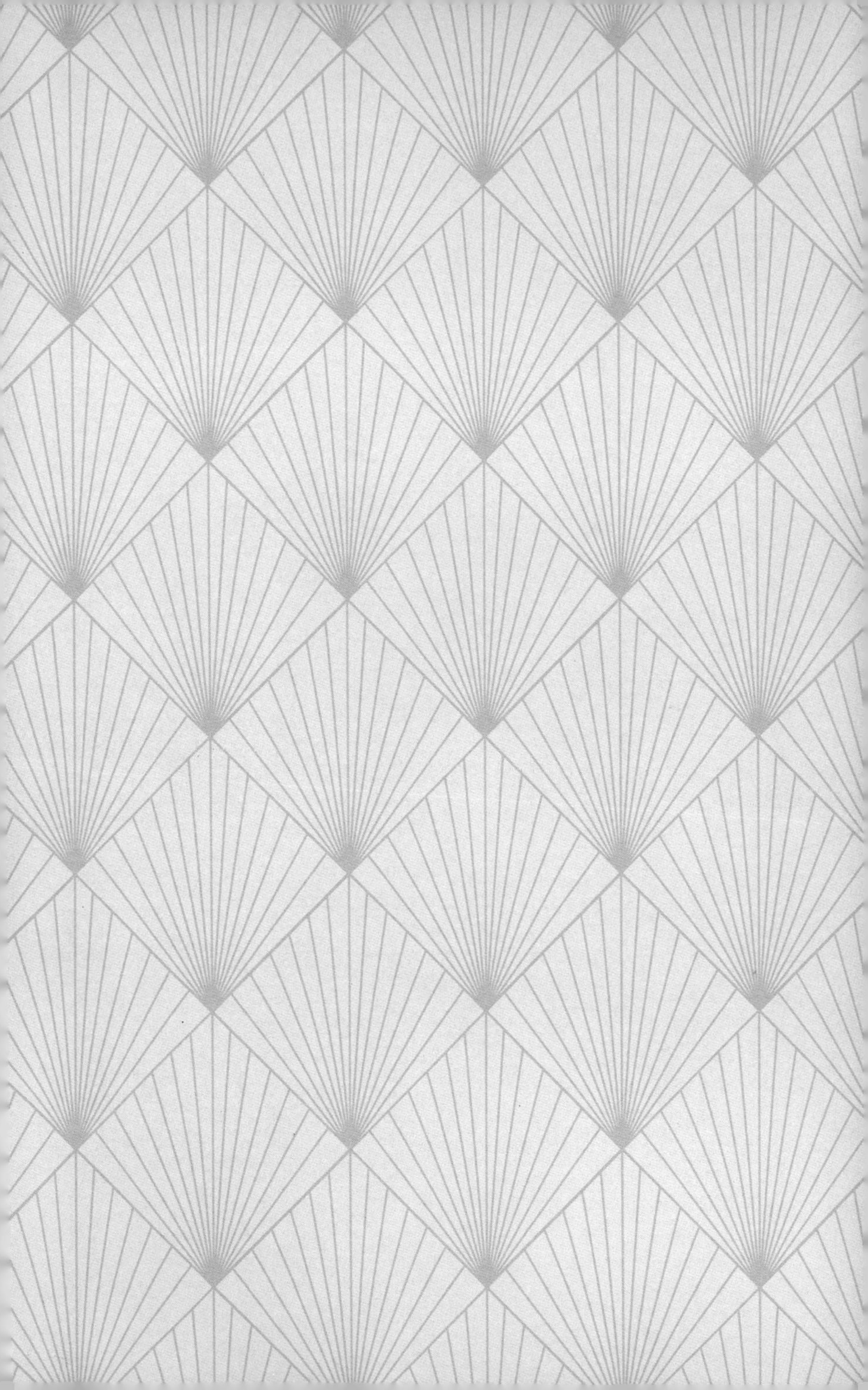